그림, 삶이 되다

그림, 삶이 되다

글·그림 권영순

루멘
북스

그림을 그리며
　　지나간 그리움을 그리워하고
그림을 그리는 이 순간이
　　현재의 삶이 되고
다가올 삶의
　　그리움이 될 것이다

어느 날의 메모 중에서

『어린 왕자』를 읽으면서 메모해 둔 것이 눈에 띈다.

　"중요한 것은 그 누구 혹은 그 무언가와 길들이는 관계를 창조하면서
　　사는 것이라는 사실을 세상에 나간 어린 왕자가 제일 먼저 배운 것이다."

　길들인 관계를 생각해 본다. 나의 삶에 스며든 수많은 '누구'가 있고 '무언가'가 있다.

　10여 년 전 퇴직하고 학교 가듯이 화실에 가서 그림 그릴 때이다. 동문회 소식지 '서강옛집'에 졸업생 미술가 모임인 '서강미술가회'가 학교 도서관에서 전시를 한다고 한다. 회장과 총무 충미 씨 그리고 10여 명의 회원들을 만나 입회하고 전시에 참여했다.

　몇 달 전에 충미 씨에게서 연락이 왔다. 펜화를 곁들인 『왜 그토록 사랑했을까』(바른북스)를 출판했다고. 만나서 책에 관한 이야기를 이어가다 나의 고민을 털어놓았다. 그림을 그리며 쓴 글들을 타이핑해 줄 사람이 필요하다고 하니 선뜻 해주겠다고 한다. 『복음묵상일기』와 『그림, 삶이 되다』의 원고를 주고받으며 수정하고 의논하는 몇 달 동안의 '만남'은 어느덧 새로운 '누구'의 인연으로 이어지고 있다.

그동안 수많은 '무언가'가 나의 삶을 이어주고 풍요롭게 하였다. 특히 뒤늦게 시작한 그림 그리기와 글쓰기는 하루하루를 생기 있게 하고 행복하게 해준다. 이 그림과 글이 누군가가 살아가는데 작은 행복의 씨앗이 되기를 바라는 마음에 책으로 엮어본다.

오래된 인연인 국 선생님, 나의 원고를 첫 독자의 마음으로 읽어주시고 편집해 주셔서 감사를 드린다. 항상 기도하신 후 읽기 시작했다는 말씀은 가슴 깊이 남는다. 내가 그리고 싶은 그림을 그릴 수 있게 함께 해주신 이경준 바오로 선생님께도 깊은 감사를 드린다. 그리고 그림을 멋지게 사진 찍어주고 출판해 준 루멘북스 대표님에게 사랑을 보낸다.

■ 차례

그림, 사랑이 되다

그림, 삶이 되다

마중

우리 집 아래층에 살다가 7년 전쯤 용인으로 이사 갔던 취원 씨가 왔다. 함께 걸어서 화실로 향한다.

퇴직하기 전 어느 날, 화실 가방에 스케치북 등 그림연필을 넣고 엘리베이터를 탄다. 18층에 멈추니 취원 씨가 탄다. 톡톡 튀는 목소리.

"어디 가세요?"

"친구 따라 그림 그리러 화실에 가요."

"우리 화실이 좋은데…."

"어딘데요?"

이렇게 시작된 미루 화실과의 인연이 10년을 훨씬 넘었다. 첫 방문 때 입었던 '노란 점퍼'와 내가 화실 선생님을 처음 보고 "남자 선생님이에요?"라고 한 말은 전설이 되었다.

화실에 들어서니 옛 화우들의 반가운 인사! 시간이 거꾸로 흐른다. 페이펄 문구에 들러 물감과 붓, 붓빨이를 사서 다시 화실로 오며 옛 이야기가 끝날 줄 모른다. 레슨에 함께 하며 말한다.

"내가 공로자예요. 교수님!"

"그래, 맞아. 취원 씨 덕분에 그림 그리고 또 다른 삶을 살게 되었지!"

매주 한 번씩 화실에 오기로 하고 차를 몰고 간다. 그림을 마중해 주었던 인연이 새로운 만남으로 이어진다.

해바라기 2019 oil on canvas 33×33㎝

아저씨 해바라기 ① 2019 oil on canvas 33×33㎝　　　아기 해바라기 ② 2019 oil on canvas 33×33㎝

웃는 해바라기

웃으며 즐겁게 아기 해바라기는 떠나갔다. 누군가에게 힘을 주기 위해 나의 마음에 사랑을 남기고….

작년(2018년) 해바라기가 만발할 때였다. 화실 샘이 새로운 작업실을 마련해 회원들과 방문했다. 노란 해바라기들이 웃으며 반긴다. 유독 한 친구가 활짝 웃는다. 노란 작은 꽃잎들을 뜯어내 눈, 코, 입을 만든 해바라기 얼굴에 웃음이 흐른다. 해바라기 앞에 서서 조각하듯이 작은 입자들을 뜯고 있는 샘의 마음이 느껴진다. 사진을 찍는다. 나의 핸드폰 사진첩에서 1년을 웃고 있었다.

만나진 못해도 눈에 선하다. 올해 10월의 어느 날 눈, 코, 입만 남기고 주위의 작은 꽃잎들이 다 없어진 해바라기가 부른다. 까만 씨가 가득 여문 해바라기 얼굴이 아프리카 아저씨가 열심히 일하며 웃는 모습 같다. 아기 미소 닮은 해바라기가 귀여운 웃음을 절로 나오게 한다면 아프리카 아저씨 닮은 해바라기는 코믹하기도 하고 야생의 힘이 느껴진다.

먼저 아기 해바라기를 4F 작은 캠퍼스에 옮긴다. 그리며 함께 하는 동안 화실 식구들의 사랑을 받으며 완성되어 갔다.

11월 1일 금요일, 완성했지만 마르지 않은 해바라기를 들고 집으로 향한다. 마치 재이가 온 듯 집안에 웃음이 가득하다. 그러나 그 기쁨도 잠시, 화실 '그림이야기'에서 하는 전시(11월 4일부터)에 데리고 갔다. 그런데 해바라기 웃음이 어느 마음 아픈 자매에게 울림이 되었다. 묻는다.

"아기야, 새 가족을 만나 떠나도 좋겠니? 너의 힘이 필요하단다."

말없이 웃는다. 그리고 "안녕." 한다.

다시 화실로 향하는 길은 쓸쓸하다. 공원에 쌓여있는 낙엽을 아저씨들이 모아 자루에 담고 있다. 그 위로 다시 낙엽이 날아온다.

"새 가족을 만난 '웃는 해바라기'야, 잘 지내. 사랑을 듬뿍 받고 더 밝아지고, 너의 새로운 가족에게 힘이 되어 드리렴. 이 짠한 마음은 그동안 정든 탓일 거야! 안녕, 사랑한다."

눈가가 촉촉해진다.

스케치해 놓은 '아프리카 아저씨 해바라기'를 물끄러미 바라본다. 그래, 짝을 만들어 드리자. 같은 크기의 캠퍼스에 '아기 해바라기'를 살리는 손길이 바쁘다. 자주 만나다 보면 친해져 집으로 오겠지, 그리고 오시겠지! 웃는 '아기 해바라기'와 '아저씨 해바라기'가.

생명

　오전 첫 진료시간에 맞춰서 백병원에 갔다. 6개월 전 오른쪽 귀에 박은 관의 상태를 보기 위해서이다. 아직 그대로이고 6개월 후에 다시 오라고 해서 금방 끝났다.

　아! 햇빛도 좋으니 걸어가면서 보도블록이나 힘든 곳에서 자라는 생명을 만나보자. 조향미 시인의 '잡초'라는 시가 떠오른다.

　늦겨울의 누런 잔디 사이로

　보도블록 갈라진 틈으로

　파릇파릇 고개 내밀기 시작한

　어린 쑥 씀바귀 질경이

　낯익은 잡초들

　어린 시절 찧고 이개어

　소꿉놀이 하던 풀포기들 바라보니

　마음은 고향에 온 듯 안온하다

　화려하게 얼굴 내민 꽃송이 하나 없이

　땅바닥에 잔잔하게 엎드린 풀들

　그냥 스쳐지나가다

　무심한 눈에는 띄지도 않다가

　문득 눈물겹게 어여쁘다

어느 쓸쓸한 날

내 삶도 저 정도는 될까

매일은 아니고 모두에게도 아니고

어쩌다 가끔 누군가에게

따스한 그리움을 주는

저 씀바귀 질경이만큼만은 살고 있을까

걷기 시작하였다. 햇빛이 비치는 곳으로 건넌다. 그냥 산책하려면 그늘 진 곳으로 걷겠지만 오늘은 힘든 환경에서도 싹이 트고 자라는 풀들과 만나고 싶다.

제일 먼저 눈에 띄는 것이 있다. 꺾어서 친구들 목에 간지러움 태우던 강아지풀. 생명력이 강해서인지 강아지풀이 많다. 아! 저기에 괭이밥과 비단풀도 있네! 괭이밥은 어릴 적 봉숭아물 들이던 시절에 뜯어서 먹기도 했다. 매우 시다. 그리고 봉숭아꽃과 함께 빻아 손톱에 올려놓고 봉숭아 잎으로 동여매고 자면 손톱이 빠알갛게 물들던 생각이 난다. 비단풀은 척박한 철로변에 많이 자란다. 생명력이 매우 강해 여기저기 누워서 퍼져나가고 당당하게 위로 자라기도 한다. 철로변을 따라 국민학교에서 돌아올 때 이 풀을 뜯던 생각이 난다. 그때는 이름도 몰랐다. 하얀 진을 상처에 바르면 나았던 생각에 약초를 찾아보니 어울리지 않는 비단풀이란다. 괭이밥과 비단풀은 어린 시절을 함께 한 친구였다.

질경이도 있네! 꽃이 피었다가 열매까지 맺었구나! 옛날에는 척박한 길가에 사람들 발길에도 잘 견디고 자랐다. 뜯어다가 데쳐서 볶아먹으면 특별한 맛이 있다. 좀 질기기는 했다. 질겨서 질경이일까?

돗나물 2019 oil on canvas 27.5×17㎝
강아지풀 2019 oil on canvas 25×17.5㎝
달개비꽃 2020 oil on canvas 20×25.5㎝
괭이밥 2019 oil on canvas 16.5×19㎝
민들레 2019 oil on canvas 16.5×19㎝

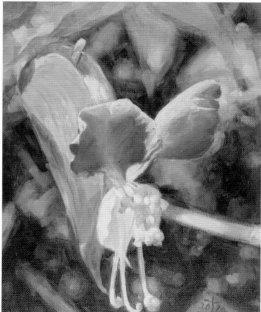

노란 민들레도 있다. 좋은 환경, 잔디밭이나 꽃밭에서 자란 것보다 잎도 작고 꽃도 실하지 못하다. 나무 밑둥치에서 홀로 잘도 자라 귀여운 꽃이 나왔구나.

　보도블록 틈에 제비꽃도 피고 열매까지 맺었네! 어릴 적 줄기째 꽃을 두 개 따서 꽃반지를 만들어 손가락에 끼곤 했다. 물론 토끼풀꽃으로 만든 것보다 약하지만 여리디 여린 보라색 꽃이 예뻐서….

　아예 지나가는 자동차를 바라보며 외롭게 자라난 강아지풀도 있네. 굵은 철책 때문에 더 여리고 안타깝다. 좀 떨어져 있는 민들레꽃이 피면 함께 시멘트로, 철책으로 대지의 숨을 막아놓은 사람들 흉이라도 보리라. 그래도 작은 틈을 비집고 태어난 너희들이 있어 대지는 숨을 쉬고 있는 것 같다. 감사하다.

　전화박스 앞 시멘트 틈 사이로 자란 예쁜 너의 모습도 어릴 적 많이 보았는데 이름을 몰라서 미안하다. 가냘프게 쭉 올라가 새 가지로 태어난 너의 결실에 박수를 보낸다. 자전거 거치대에서 자란 가족들도 예쁘다. 강아지풀, 민들레와 개망초 싹도 있네.

　가다보니 괭이밥 옆 보도블록 위에 벌이 앉아있다. 노란 괭이밥꽃은 봉오리가 피었어도 네가 앉아서 꿀을 빨기에는 너무 작은데…. 얼른 민들레꽃이라도 찾아가렴! 쇠비름도 있고 씀바귀도 열심히 자라고 있다.

　저 쪽 담벼락 아래 흙이 있는 곳에는 달개비꽃도 싱싱하게 피어있네. 고맙다, 친구들이여!

　이제 집 앞에 왔다. 1시간 30분이 걸린 행복한 시간이었다. 또다시 즐겁고 긴 여정이 남아 있다. 너희들을 화폭에 담으며 수많은 이야기를 나눌 생각을 하니 잔잔한 파동이 지나간다. 귀의 불편함이 나에게 준 감사의 시간이다.

비 온 후 어느 날 그림방에 가는 중이었다. 그늘진 보도블록 위에 하이얀 버섯들이 옹기종기 모여 있다. 엄마 뒤에 네 자매가 따라가고 뒤떨어진 한 자매에게 어서 오라고 손짓한다. 앉아서 바라보며 함께 한다. 돗나물과 괭이밥 그림 속 개미는 재이가 좋아해서 넣어 보았다.

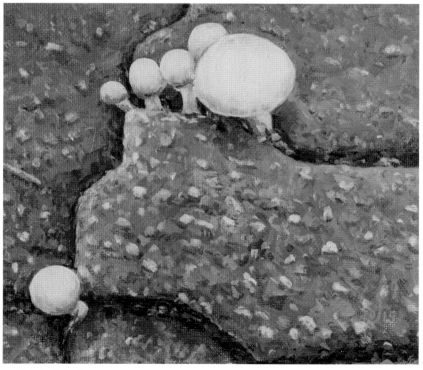

버섯가족 2020 oil on canvas 19×17㎝

수선화 2019 oil on canvas 33.4×24.2㎝

수선화

요즈음 귀가
윙 소리를 내며
시위를 하고 있다

가까이에 있는
이(齒)와 눈(眼)만
돌보지 말고

자기도 힘들다고
사랑이 필요하다고

그래 그래하며
제발 조용히 하라고
달래보지만

이번엔 단단히
마음 먹었나보다
윙 소리에 벽까지 친다

미안하다, 고맙다
네가 항상 거저
옆에 있는 줄 알았다

사랑으로 어루만지고
두드려 신호를 주었지만
더 큰 손길이 필요하단다

준비하고 누워 기다리니
전문가의 손길이
숨통을 트여준다

그러나 한 번에 시원하지는 않지?
기다림이…
이제 필요한 것은 시간이다

※ 7개의 임플란트와 백내장 수술을 받았다.

　한의원 침대에 누워 뒷목을 핫팩으로 따뜻하게 하며 차례를 기다리니 익숙한 목소리가 들린다.
　"안녕하세요? 아, 오늘은 노란조끼를 입으셨네요. 노란색 좋아하세요?"
　"네. 선생님도요?"
　"네. 매우 좋아해요."

"그러면 꽃은 무슨 꽃을 좋아하세요?"

"노란 수선화요."

"아, 그렇구나."

전문가의 손길이 얼굴, 목, 귀 위로 움직여 진단하며 침 위치를 정하고 있는 동안 나는 다른 세계로 가고 있다.

'수선화라! 집에 가서 검색하고 그려야겠다. 그림 주제가 이렇게도 생기는구나. 노란색 수선화!'

좀 처진 요즘 마음에 활력을 줄 것 같아 좋았다.

수선화 사진을 검색하고 저장한 아이패드를 가방에 넣어 화실로 간다. 이젤에 4F 캔버스를 놓고 노란색을 칠해 놓으니 벌써 활기가 넘친다. 어두운 초록색과 보라색을 섞고 뒤 배경을 칠하며 꽃의 모양을 잡아간다. 이렇게 자그마한 '노란색 수선화' 그림이 시작된 것이다.

그림이 완성되면 이 그림은 어디에서 나의 즐거움을 나눠주고 있을까? 미풍에 살랑대는 노란 수선화가 붓끝으로 행복을 그린다.

장작

화실 샘이 아카시아 나무로 장작을 만들어 쌓아놓았다며 카톡에 사진을 올렸다. 오랜만에 보는 장작더미가 정겹다. 일주일 후 그 장작더미 위로 눈이 쌓여있는 사진이 또 도착했다.

시간이 거꾸로 흐른다. 고향집 부엌이 보인다. 큰 가마솥이 가운데 걸려 있고 양쪽에는 그보다 작은 가마솥이 놓여있다. 그 아래에는 불 때는 아궁이가 있다. 그때그때 나오는 열매를 거두고 남은 농작물의 나머지가 불 때는 재료였다. 볏짚, 고춧대, 수숫대, 옥수숫대 등 그리고 산에서 식구들이 틈틈이 해온 나무.

산으로 언니와 동생들과 나무 하러 간 기억이 있다. 소나무 아래에 쌓인 솔잎을 쓸어 담고 말라버린 솔방울, 바스락거리는 잎들 그리고 잔가지를 가마니에 담아오던 생각이 난다. 어른들은 틈틈이 제법 큰 가지를 치거나 나무를 잘라서 장작을 만들어 쌓아놓곤 하였다. 흙담 밑이나 부엌 근처에 쌓아놓은 장작을 보면 마음이 든든하고 흐뭇했다. 겨울 내내 따뜻하게 먹고 잘 수 있다는 행복이랄까….

장작 사진의 눈 쌓인 모습을 보니 또 생각이 흘러간다. 초가지붕 위에 하얗게 쌓인 눈 그리고 처마 밑에 매달린 고드름. 투명한 고드름을 따서 오두둑오두둑 깨물어 먹던 모습. 낮이 되면 후두둑 떨어져 내리던 소리. 그것이 녹아 마당 구석이 패이곤 했었지. 자주 부르던 고드름 동요를 흥얼거리기

장작 2020 oil on canvas 29.5×21㎝

도 했다. 함께 살던 할머니, 삼촌들, 고모들이 그립다. 엄마 아빠의 모습이 눈에 선하고 형제자매들의 북적거림이 아련하다.

장작 사진을 바라보니 마음이 따뜻하다.

겨울고향풍경 2020 oil on canvas 36×30㎝

소화전

•••

　지난 이틀 동안은 소화전 생각만 하며 지낸 것 같다. 어려운 환경에서 자란 야생초를 사진 찍고 첫 번째 강아지풀을 그리고 있다. 그런 내 마음을 샘이 읽고 말한다. "국수나무 옆에 한번 가보세요. 소화전이 있는데 꼭 예수님이 두 팔 벌리고 계신 것 같아요. 그 아래 강아지풀도 있고요."

　화요일 화실 끝나고 공원을 지나 '국수나무'로 향한다. 이 음식점은 화실에서 자주 가는 분식집이다. 요사이는 집에서 남편과 함께 세끼를 먹느라 못 가지만. 국수나무 앞으로 가니 소화전은 보이지 않는다.

　그런데 옆 골목 보도블록 위에서 빛바랜 빠알간 소화전이 보였다. '육송 소화전 96-5'라고 쓰여 있다. 두 팔 벌리고 당당히 서 있는 것을 그렇게 지나다녀도 보지 못했다니 신기하다. 그 아래 블록 사이에 강아지풀이 몇 포기 피어있다. 한참을 바라보다 핸드폰으로 사진을 찍는다.

　구름 속으로 해가 들어가서인지, 건물 그림자 때문인지 아쉽게도 소화전과 강아지풀의 그림자는 보이지 않는다. 그래도 몇 커트 찍고 걷는다. 혹시 또 없나 하고. 그런데 해가 구름 사이로 빠져나와 그림자들이 길게 비친다. 5시 전이다. 다시 돌아가 본다. 그러나 건물 그림자에 가려 소화전 그림자는 보이지 않는다. 몇 시에 와야 볼 수 있을까 하며 집으로 향한다. 내 마음은 보도블록, 강아지풀, 소화전을 작은 캠퍼스에 그릴 생각으로 가득하다. 그리고 다시 찍어 그림자를 넣을 생각에….

소화전 2019 oil on canvas 16.5×27.5㎝

다음 날 새벽미사에 가는 길, 신호등을 건너 '제자광성교회' 앞을 지난다. "아니, 여기에도 좀 키 작은 소화전이 있네!" 더 걷는다. 곰탕집 명가원까지 가는 길에 두 개가 더 있다. 모양이 좀 다르다. 소방서 앞 구석에도 있다. 한 번 보이기 시작하니 줄줄이 보인다. 20여 년 이상을 있는지도 몰랐던 것들이 "내가 여기 있소."하며 존재를 드러낸다.

오늘은 왜 핸드폰을 챙겨왔는지 알 것 같다. 보통 때는 미사 갈 때 갖고 가지 않는 것을. 미리 알려 주신 것 같다. 미사 끝내고 길 건너니 동사무소와 소방서다. 동사무소 들어가는 경사로 길 틈에 민들레와 친구들이 어깨동무를 하고 있다.

명가원 쪽으로 건너가 작은 꼬마병정 같은 소화전을 찍는다. 양쪽 팔에 사슬까지 걸친 모습이 귀엽기 그지없다. 오늘 아침도 그림자는 없다. 아쉽다. 언제 햇볕 좋은 날 다시 와서 찍어야겠다.

● ● ●

내일 재이네가 오니 시장 볼 생각이다. 오랜만에 코스트코 갈까, 아니 농협 하나로마트 가면 야채나 과일이 풍부할 텐데 하면서 국수나무 옆 소화전에 햇볕 들 시간을 생각해 본다. "그래, 해성마트에 가자. 생선과 고기가 좋은 곳이니까." 9시가 되기 전에 집을 나선다. 실은 해성마트 가는 길에 국수나무가 있으니까, 그래서 소화전을 볼 수 있으니까 하면서 카드와 핸드폰을 챙겨 걸어간다. 보고 싶은 마음에 발걸음이 빨라진다.

소화전은 외로이
그늘 속에 서 있다

두 팔을 벌리고…

그나마 친구였던 강아지풀은
누군가에게 뽑혀져
어디로 가 버린 것일까

그래도 애쓰며 살아남은
이름 모를 작은 풀들이
너와 함께 있구나

힘내어라
기다리다 보면 너의 임무를
할 수 있는 날이 있으리니

너의 존재 이유는
무엇일까
너의 목표가 이루어지는 날
누군가의 삶이
힘들어지는 날이 아닐까
그래도 너는 기다리며
묵묵히 서 있다
자동차 소리
지나가는 사람들 발걸음

아무도 관심 두지 않는
그 자리에서
힘들게 싹 튼 이름 모를
작은 풀들이 함께 함을
위로로 삼으면서

두 팔 벌리고 서 있다
어느 분이 '사랑한다'
말씀하시며
세상을 껴안듯이…

한참을 바라보다 마트로 향한다. "야채와 과일은 나중에 사야지." 하며
고기와 생선을 사들고 다시 친구를 만나러 간다. 아직도 빛을 받지 못한 채
반긴다. 옆 후앙 빵집으로 들어가 주섬주섬 빵을 고르며 바라본다. 계산을
하고 봐도 아직이다. 짐을 의자 위에 올려놓고 기다린다.

빛이 비추어 너의 그림자가 살짝 나타나기 시작한다. 양손에 짐을 들고
나간다. "안녕히 가세요."라는 인사말이 흘러간다. 짐을 구석에 놓고 (살짝
사진에 찍혔지만) 너의 모습을 담는다. 햇빛 비친 빛바랜 너의 모습이 아름답
다. 당당하다. 앞에서, 뒤에서, 옆에서, 위에서, 비스듬하게 찍는다. 햇님이
웃는다. 그림자를 드리우고 있는 너의 풀 친구도 찾아 찍는다. 찰칵, 찰칵,
찰칵!

양손이 무거운 줄도 모르고 콧노래 부르며 집으로 향한다. 너는 나의 친
구다.

친구야, 네 이름이 뭐니?

...

아들의 루멘북스 스튜디오 앞 감나무 아래에는 꽃나무인지 야채인지 이름 모를 친구들이 있다. 둘레는 밝은 회색 벽돌로 둘러쳐져 있다. 어느 날 보니 몇몇이 둘레 밖으로 탈출해 있었다. 햇빛이 비쳐 벽돌과 둥근 잎의 그림자가 아름답다. 사진을 찍고 자매들 카톡에 올린다.

"루멘 감나무 아래 심겨져 있는데 밖으로 탈출했어요. 확대해 보세요. 이름 맞추기~~."

"머위 잎 아닙니까? 그런데 왜 궁금했어요?"

다섯째한테 당장 답이 왔다.

"요사이 그리는 주제들이 길, 보도블록 등 힘든 환경에서 자라는 야생초들. 그래서 사진 찍어 그리거든. 이 친구도 동료들에게서 탈출한 것 같아 찍었어."

"사진 상에 머위나 곰취같지만 아니구요. 꽃대와 꽃은 없지만 접시꽃 아닐까요?"

넷째의 답이다.

이렇게 시작된 이름 공방은 계속됐다. 다섯째는 농장 둑에 있다며 접시꽃 사진을 찍어 보내며 사진하고 다르다고 주장한다. 그러고 보니 접시꽃하고는 잎 모양이 다르다. 그럼 머위인가 하고 검색해 보니 잎 모양은 비슷한데 환경이 달라서 그런지 달라 보이는 것도 같다.

네 이름이 뭐니? 2019 oil on canvas 27.5×16.5㎝

그렇게 가을이 지나가는 사이 영숙 씨하고 각자 집에서 출발해 루멘에서 만나자고 하고 걸어간다. 그동안 친숙해진 친구들이 반긴다. 천천히 가다보니 까마중도 자라고 조금씩 보라색으로 익어가고 있다. 오랜만에 영숙 씨와 이야기를 나눈다. 사온 빵과 오렌지 주스를 마시며….

밖으로 나와 감나무 아래 친구들의 잎 아래 줄기를 살펴본다. 머위는 한 줄기 한 줄기 올라오는 것으로 알고 있는데 이것은 포기로 되어있다. 그러면 머위도 아닌 것 같은데….

머위도 아니고 접시꽃도 아니고 그럼 무엇일까? 웃음이 난다. 왜 이름이 그렇게 중요할까? 그냥 힘든 환경에서 꿋꿋하게 자라는 야생초로 충분하지 않을까? 그래도 말을 건다.

"친구야, 네 이름이 뭐니?"

• • •

'코로나19 사회적 거리두기' 때문에 거의 두 달 만에 벨라뎃다를 만나 성당의 성모상 앞 의자에 앉아 밀린 이야기를 나눈다. 봄 햇빛이 따스하다. 벨라뎃다가 "루멘 앞에 보라색 꽃이 예쁘게 피었어요." 한다. "나도 아들이 사진을 보내주어서 보았는데 무슨 꽃인지 모르겠어요." 나의 대답. 벨라뎃다가 잎이 노란 유채꽃을 닮았다며 핸드폰으로 검색을 한다. 드디어 찾아 보여준다. 똑같다.

"보라색 유채꽃이다!"

돌연변이 식물을 연구하는 육종학자 이관호 박사가 20여 년 전 경남 남해에서 우연히 발견하고 그 돌연변이 보라색 유채종을 제공받아 연구한다는 내용도 있다. 원산지는 중국이고 번식은 종자로 한다고 되어 있다. 나물로도 먹을 수 있다고 한다.

"아, 넷째에게 씨를 받아주면 되겠구나."

이제야 '친구야, 네 이름이 뭐니?'의 궁금증이 풀렸다.

벌써 농장 여기저기에서 너울너울 춤을 추는 보라색 유채꽃이 보이는 것 같다. 둑에 피어있는 노란색 갓꽃과 함께….

　　　　　　　　　•••

코로나19로 힘들던 겨울이 지나고 봄날이 찾아온 5월 루멘 앞 화단에는 다른 나무들보다 늦게 피어난 감나무 새잎들이 풍성한 꽃무리를 이룬 보라색 유채꽃과 어우러져 있다. 아름다움으로 빛나는 보라색 유채꽃에는 어느새 씨앗을 머금은 긴 열매들이 매달려 익어간다.

때가 되면 씨앗이 터져 흙에 떨어지고 또 싹이 나서 줄기가 자라면 보라색 꽃을 피우겠지! 씨를 받아 누군가의 눈길이 머무는 곳에 뿌리면 꽃이 피고 열매를 맺어 그의 마음에 아름다움이 되고 희망이 되지 않을까?

이름을 몰라 "네 이름이 뭐니?" 하고 물으니 빛나는 꽃으로 피어나 아름다운 희망으로 답해준 유채꽃 열매. 신앙의 씨앗이 되어 십자가에 사랑의 꽃으로 피어나길 바라는 마음을 김수환 추기경님의 시에 담아본다.

　　그리스도의 십자가는

　　하느님에 대한 사랑과

　　모든 인간에 대한 사랑이

　　교차되는 곳입니다

　　　　_ 김수환 추기경

보라색 유채 2020 oil on canvas 53×45.5㎝

아크릴 물감

화실이 문 닫은 지 4주째 월요일이다. 책 읽고 세끼 해먹고 '코로나19' 뉴스 보고 새벽 TV미사 하고…. 하는 일상이 익숙해져가고 있다. 그러나 무언가 허전하고 할 일을 못하고 있는 느낌이 든다.

일주일에 네 번 화실에 가서 그림 그리던 때가 그리웠다. 혼자 집에서 해보려고 준비한 아크릴로 시작하려니 기름 대신 물을 사용한다는 것만 기억날 뿐, 10여 년 훨씬 전에 한 방법이 전혀 생각나지 않았다.

아크릴 동영상을 찾아보니 기억이 되살아났다. 아, 붓을 물에 살짝 찍어 물감을 섞었구나. 그리고 붓은 물에 빨고. 통에다 물을 받아 이젤 옆에 놓고 물감과 붓을 준비한다.

가만히 앉아본다. 2007년 1월 방학 때인 것 같다. 미루 화실 처음에는 연필과 수채화를 거쳐 아크릴로 10여 점을 그렸다. 그리고 유화로 넘어가 지금까지 그리고 있고 나의 일상이 되었다.

검정색, 흰색, 갈색 등 물감을 종이 팔레트에 짜놓고 붓을 물에 적셔 물감을 살짝 묻혀 섞어서 캔버스에 칠해본다. 수채화같이 살짝 칠해진다. 처음 그릴 것이 아카시아 장작 위에 눈이 소복이 쌓인 장면이다. 그런데 너무 마르지 않아 불편하기도 했던 유화 물감과는 달리 섞어놓고 칠하는 동안 도중에 말라버리는 것이다. 짜놓은 물감도 말라가고….

아크릴 물감이 내 급한 성격보다 한 술 더 뜬다. 그러니 내 손길도 바빠진다. 틀어놓은 음악은 들리지도 않고 어느새 끝나 있었다. 두어 시간이 지

마리아와 마르타 2020 oil on canvas 36×30㎝

나고 멋진 모습이 "나 여기 있어요." 하며 말을 건다. 뿌듯한 행복감이랄까!

이렇게 일주일에 네 번이 아니라 매일 점심 후 2~3시간씩 이젤 앞에 앉는다. 코로나19 휴가가 지루할 틈이 없다. 덕분에 빛의 신비 '카나의 기적'과 '거룩한 변모' 두 장면도 스케치를 하였다. 신이 났다. 또 그릴 것이 없나 어린이 성경을 뒤적거린다.

'마리아와 마르타' 장면이 보인다. 예수님 앞에 앉아있는 마리아와 일하느라 바쁜 마르타. 많은 의미를 내포한 장면이다. 캔버스가 없다. 전에 동인이가 천을 준 것이 생각나 판에다 압핀으로 꽂고 연필로 스케치 해본다. 그

어린이와 예수님 2020 oil on canvas 17.9×25.8㎝

런데 좀 거칠다. 아크릴 물감도 먹지 않고 표면에서 맴돈다. 이상하다.

"왜 그렇지? 젯소를 발라야 하나? 동인이에게 물어볼까?"

궁리하다 하루가 지났다.

그 이튿날 다시 이젤 앞에 앉았다. 압핀을 뽑아내고 천을 살펴본다. 그린 부분이 거친 뒷면이었다. 바꾸어서 붓질을 해보니 부드럽게 먹힌다. 다른 천을 오려 다시 이젤 판에 압핀으로 꽂고 이번에는 제대로 부드러운 부분에 그린다. 10여 년이 넘게 고정된 캔버스만 사용하다보니 천에 앞뒤가 있는 것도 몰랐던 것이다. 이렇게 마리아와 마르타, 예수님 세 사람의 대화 속에 살다보니 제법 그림다워졌다.

카톡에 올렸다. 일주일 만에 병원에서 나왔다는 신옥 씨가 메시지를 보내왔다.

"마리아와 마르타? 정말 잘 그리시네요. 어제 퇴원했습니다. 수술도 잘 되고 남편도 편안해 하네요. 잘 계셨지요?"

"퇴원하셨구나~ 축하! 이제 편히 쉬세요. 집에서 조금씩 그리니 좋네요. 오늘은 어린이 축복하시는 장면 스케치. 2호에다가요." 하며 스케치한 그림을 보냈다.

"어린이같이 되어라." 하신 예수님 말씀과 재이가 예수님께 반가워 웃으며 뛰어가는 모습을 그려 보려고 했던 작은 그림이 오늘도 나를 캔버스 앞에 있게 할 것이다.

빨리 마르는 아크릴 물감과 나의 급한 성격 때문에 2주 동안에 다섯 가지의 장면들을 스케치하게 된 것이다. 유화로 마무리하는 과정이 나를 기다리고 있다.

지거 쾨더 신부님 그림

그동안 아크릴 작업한 몇 점을 화실 샘께 보내드렸다.

화실 샘의 답. "기교가 들어가지 않아 교수님 작업이 담백하고 힘 있는 느낌을 받습니다. 예전 독일 신부님 그림 생각이 납니다. 그려진 형태보다 내용이 크게 다가오고…. 묘한 작업 파이팅!"

오늘 새벽 통합사목연구소에서 출판한 지거 쾨더 신부님의 『그림 이야기, 나의 이야기』 책을 찾아내어 넘겨본다. 처음 이 책으로 개봉동 기도의 집에서 함께 나눔을 갖던 시절로 돌아간다.

2007년쯤 일 것이다. 박정미 수녀님, 표은영 선생님, 국길숙 선생님 그리고 나, 이렇게 넷이 일주일에 한 번씩 모여 그림을 보며 묵상 글을 읽고 나눔을 하던 잊을 수 없는 시절이다. 지금도 이 네 사람이 함께 할 수 있는 것은 그때의 '시절인연'인 것 같다.

한 그림 한 그림을 넘겨보면 가슴이 뛴다. 독특한 신부님의 그림을 따라 그려보고 싶어진다.

그림 '받아라, 이는 내 몸이다'(신부님 책, 86쪽)

"당신 얼굴 닮으려
 당신 담긴 십자가 바라보며
 그 거룩함에 빵을
 적셔 받습니다."

최후의 만찬 2020 oil on canvas 36×30㎝

그림 '엠마오--그러자 그들의 눈이 열려'(132쪽)

"당신이 우리 곁에 자리하시듯

　여전히 놓여있는 빵과 포도주…

　성체성사의 신비 안에서

　당신이 깨우쳐주신 말씀을 되새기고

　당신과 함께 했던 밥상을 기억하며

　부활의 매일을 살겠습니다."

　　두 그림을 한참 바라본다. 신부님의 '담백하고 힘 있는' 느낌이 나를 사로잡는다. 두 그림을 그려보고 싶다. 지거 쾨더 신부님의 그림 세계로, 아니 주님의 마음으로 들어가 머물고 싶다. 오늘도 이렇게 당신의 사랑으로 시작하게 하신다.

엠마오의 식사 2020 oil on canvas 36×30㎝

설죽

1월의 어느 추운 날, 봄이 그리웠다. 새싹들이 보고 싶고 꽃망울을 터트리며 환히 웃는 노오란 산수유를 바라보며 따스한 햇살을 쐬고 싶었다. 아이패드로 '봄의 새싹'을 검색한다. 작은 씨앗에서 움터 나오는 새싹들이 희망을 준다. 호박씨에서 움터 나오는 새싹을 저장한다. 흙을 뚫고 힘차게 나오는 죽순도 저장한다. 갑자기 한겨울에 봄을 그리워하며 봄을 그린다.

그러나 겨울이다. 올겨울에는 눈다운 눈이 내리지 않는다. 들판에 하얗게 쌓인 눈, 산의 소나무 가지에 소복이 쌓인 눈이 그립다.

"초가지붕에 달린 고드름을 오두둑오두둑 깨물어 먹었지. 논에서 아버지가 만들어 주신 썰매도 타고 팽이도 치고 툭 건드리면 나뭇가지에 쌓인 눈이 쏟아지기도 했지."

그래, 그리워만 할 것이 아니라 그 속으로 들어가 보자. 죽순을 그렸으니 설죽을 그려보자. 대나무 마디 튀어나온 부분에도, 가지에도, 잎에도 눈이 소복이 쌓여있다. 건드리면 우수수 떨어지겠지! 조심조심 스케치하고 잎과 눈이 쌓진 부분은 남겨둔다. rose violet과 celurian blue, white를 섞어 눈의 그늘진 부분을 칠해보니 벌써 금방 떨어질 듯한 눈의 모양이 되었다. 첫 번째 겨울 눈 여행은 여기까지….

오늘은 사이사이를 조심스럽게 파가며 눈이 떨어지지 않게 건드리지 않으며 잎과 눈의 형태를 잡아간다.

"조심하세요. 건드리면 눈 다 떨어져요."

설죽 2020 oil on canvas 40.9×53㎝

죽순 2020 oil on canvas 17.9×25.8㎝

눈에 덮인 대나무 잎이 말한다.

"네…."

휴! 한참을 함께 하다 보니 대나무와 배경은 뒤로 밀리고 가지와 잎에 쌓인 눈이 확 들어온다. 이렇게 눈 없는 겨울을 설죽과 함께 노닌다.

호박 새싹 2020 oil on canvas 17.9×25.8㎝

설경

외출했다가 집에 들어오니 거실 정면에 설경 그림이 반긴다. 깊은 산 속 계곡과 양쪽 소나무 위에 눈이 소복이 쌓여있다. 정자 지붕에도 쌓여있다. 일부 녹아 개울물이 흐르고 있다. 작년 겨울에 그린 그림이다.

올해에는 눈다운 눈이 내리지 않더니 지난 월요일 하루 종일 눈이 날린다. 바람까지 불어 위에서 내리는 것이 아니라 사선으로 날린다. 외출도 못하고 밖을 내다본다. 아파트 지붕 위로 눈이 쌓여가고 있다. 고향 들판으로, 산으로 가고 싶은 마음을 자매들 카톡에 올린다.

"오랜만에 하얀 세상을 바라봅니다.
 고향 들판을 바라보듯 아파트 지붕을 바라봅니다."

오늘 따라 모두 묵묵부답~~. "그래, 설경을 그린 것이 또 있지."하며 찾아내어 이젤 위에 세운다. 고향 들판을 눈 맞으며 걷지 못하니 설경의 정자에 앉아 고요하게 머물듯 바라본다. 눈이 올 때 바라봐도 좋지만 눈 오지 않는 오늘 같은 날 설경 속으로 들어가는 것도 행복한 일이다.

설경 2018 oil on canvas 60.6×40.9㎝

주님, 언제까지 주무시렵니까?

코로나19 전염병으로 고통 받는 인류를 위한 프란치스코 교황님의 특별 기도와 축복이 온 세상으로 전해진다.

텅 빈 베드로 광장 제단으로
교황님이 부축을 받으며
층계를 오르신다.
그 미소 어디로 가시고
고통의 말씀이
허공을 가르고 퍼져나간다.

독서 모임 카톡으로 박정미 수녀님의 기도가 들려온다.

"정말 새로운 사태의 전개 속에서 회심하라고
  새로운 맘, 새 눈으로 세상과 사람을 대하라고
  부르시는 요즘 사랑과 기도와 함께"

나의 붓질이 바빠진다. 마음을 쏟는다.
주무시는 주님을 깨우고 싶다.

주님 언제까지 주무시렵니까 2020 oil on canvas 25.8×17.9㎝

"주님! 언제까지 주무시렵니까?"
"주님, 저희가 죽게 되었는데도 돌보지 않으십니까?" (마르코 5,38)

단체 카톡에 그림을 보낸다.

"코로나로 힘든 요즈음을 그림으로 표현하시다니요!"
"잠드신 주님, 권 샘이 깨워주세요."
"주님! 죄인들을 가엾이 여기시고 자비를 베푸소서!"

두 눈을 감는다.
주님, 깨어나시어 말씀하소서.

"고요하고 잠잠해져라." (마르코 5,39)

그리고 저희를 책망하소서.

"왜 그렇게 겁이 많으냐, 아직도 믿음이 없느냐?" (마르코 5,40)

우리의 마음을 돌아보고 각자의 위치에서
할 일이 무엇인가 알아가고 행동하고 기다리게 하소서.

얼마나 걸릴지 모르는 당신의 때가 오기를!

단계

헤르만 헤세의 시 '단계'에서 시인은 말한다.

모든 시작에는 이상한 힘이 깃들어 있어
우리를 지켜주고 살아가도록 도와준다

……

어디에도 고향인 양 매달려선 안 되네
우주 정신은 우리를 구속하고 좁히는 대신
한 단계씩 올려 주고 넓혀 주려한다

이 시는 헤르만 헤세 『유리알 유희』의 거의 마지막 부분에서 나오는 시의 부분이다. 70년대 춘천에서 근무하면서 책을 많이 읽을 때었지 싶다. 유일하게 너무 힘들어 읽다 놓았다를 반복하다가 마무리를 못한 책이다. 그것이 마음 한가운데 남아 있었나 보다.

퇴직하고 독서 모임을 하고 있다. 한 번은 다음 달은 무슨 책을 할까 정하는 과정에서 『유리알 유희』에 대한 나의 개인적인 체험을 이야기했다. 그때 힘들고 놓쳐버린 메시지를 얘기하며 이 책과 한 달 동안 씨름하게 되었다.

여전히 힘들었지만 몇 번 반복해서 읽고 머무는 동안 의미가 다가왔다.

특히 '단계'라는 시를 택하여 삶의 한 단계 한 단계를 크게 그리고 작게, 힘들게 또는 자기도 모르는 사이에 가볍게 올라가는 것을 느끼고 함께 나누기도 하였다.

코로나로 인한 '사회적 거리두기'로 성당에도, 만남도, 화실도 못 나간 지 7주째 들어가고 있다. 두 번째 주부터는 냄새 안 나는 아크릴로 그리고 싶은 것을 스케치하고 색을 칠하니 살 것 같았다. 조금씩 재미가 붙어가고 어느새 일상이 되니 익숙한 스케줄이 되어있다.

화실 샘이 알려주고 붓질을 해주던 습관 때문에 혼자 그리기에 대한 두려움이 있었는데 차츰 자유로움으로 바뀌어 갔다. 이렇게 저렇게 바꾸어 나가고 느낌을 살려본다. 이렇게 한 달 반을 즐기고 있다. 어떻게 보면 화실 가서 샘 지도 아래 유화 물감으로 마무리할 수 있음을 믿고 자유로울 수 있는지 모른다. 그러나 어떻게 되었든 그림 그리기의 또 다른 단계로 다가감을 느낀다.

나를 지켜주고 살아가도록 해주는
어떤 힘을 느낀다. 한 곳에 머물지 않고
점점 더 넓게 더 높이
한 단계씩 올라가고
있음을….

그림, 감사가 되다

나무도마

일산으로 이사 온 지 25년. 집 안 구석구석에 세월의 흔적이 배어있다. 요사이 부엌 싱크대 아래 마룻바닥 색깔이 진해지고 있다. 어디서 물이 새는 것은 아닐까 생각하면서도 두 노인은 마음뿐…. 어제는 남편이 아들보고 살펴보라고 한다.

아들이 싱크대장을 열어보고 만져보더니 바닥에 물기가 있다고 한다. "내일 관리실에 연락해 수리해달라고 할게요."한다. 그러면서 하는 말 "이 나무도마 버리면 안돼요? 사용하지 않으면…." 아! 그곳에 나무도마가 있었구나!

플라스틱도마를 사고 나서는 통 쓰지 않은 무거운 나무도마. 꺼내 들어본다. 무겁다. 가운데가 푹 패여 있다. 소중한 물건 간직하듯 뒤 베란다장 위에 올려놓는다.

1980년 당산동 아파트에서 형제자매들이 자취할 때이다. 언니는 결혼해 수원에서 살고 셋째 동생이 결혼해 같은 아파트 단지에서 딸 아들 낳고 살고 있을 때였다.

귀여운 조카들 보러 셋째 동생 아파트로 걸어가는데 리어카에 도마를 잔뜩 실은 아저씨가 "도마 사세요. 통나무도마예요."하며 팔고 계셨다. 서른 여섯 살이 되도록 살림에는 관심도 두지 않았는데 무얼 해 먹으려면 도마가 있어야 되겠다 싶었다. 하나를 사서 들고 우리 집으로 다시 갔다. 무거웠다. 막내 여동생이 말한다.

"언니 좀 보소. 결혼한다고 준비한 것이 고작 나무도마 하나네. 호호호!"

그 해 개학 전 일본에서 돌아온 지금의 남편을 만나고 두 달 동안 양쪽 부모님께 인사드리고 춘천 성심여대를 왔다 갔다 할 때였다. 수원 아버님은 살 집 마련해 주시려고 동분서주, 엄마는 심어놓은 목화솜으로 내 이불 만드시느라 바쁘실 때인가 싶다.

이렇게 시작한 새로운 삶, 40여 년이 되어간다. 나무도마가 엄마같이 늘 함께였다.

코골이와 방귀

한밤중 자다 깨었다. 남편의 코골이를 듣는다. 심하게 코를 골다가 한참 숨이 정지된 듯 조용하다. 나도 숨을 참는다. 그러다가 후~하며 다시 코를 곤다. 나도 함께 숨을 내쉬며 코골이를 자장가 삼아 다시 잠든다.

처음 결혼했을 때(1980.4.26) 남편은 아주 큰일을 고백하듯이 말했었다. 각방을 쓰는 게 좋다고. 코를 심하게 골기 때문에 나보고 옆에서 자면 잠을 못 잘 거라고 하며 웃었다. 그런데 지금까지 한방을 쓰며 산다.

큰애가 태어나기(1981.6.30) 한 달 전부터 시부모님께서 오셔서 함께 지내기 시작했다. 어느 날 어머니께서 말씀하신다. "아들만 코를 고는 줄 알았는데 며느님도 만만치 않던데…." 하시며 웃으신다. "그래요? 몰랐는데요!"

손녀 재이가 태어나 두 돌 지나고 이제 말도 잘한다. 일산에 오면 함께 뛰어다니며 나랑 논다. 어느 날 내가 방귀를 심하게 뀌었다. 손녀가 장난기 있는 눈으로 나를 쳐다보며 "아유 창피해." 한다. "뭐가 창피해? 할머니는 시원한데." 우리는 또다시 논다.

어느 날 아침, 남편이 웃으며 말한다. "나 지난 밤 자다가 당신 방귀소리에 깼다. 아주 힘을 주는 소리가 어찌나 크던지…. 하하하!" "천생연분이네. 당신은 코골이, 나는 방귀쟁이!"

이제는 있는 그대로 보여주며 보듬고 사는 나이가 되었다. 코골음과 방귀가 숨을 쉬고 몸속 순환이 잘 돌아가고 있다는 표시 아닐까. 오히려 감사하다.

아코디언

조금씩 짐 정리를 한다. 한바탕 책을 정리하고 나머지 남편 물건을 정리한다. 일본에서 산 '야마하 아코디언'을 꺼내본다. 얘기만 들었지 실제 열어본 것은 처음이다.

남편이 언젠가 이야기한 것이 기억난다. 부모님이 인천 영종에 계시기 때문에 이종 누이 댁에서 지내기도 하고 친구 집에서 학교 다니기도 했다고 한다. 장충동 친구 집에서 지낼 때이다.

친구의 외삼촌이 전주에서 올라와 대학교를 다니셨다. 그 외삼촌이 단식투쟁까지 하면서 아코디언을 사고 배우며 연주하는 것이 너무 멋있게 보여 언젠가 사서 연주해보리라 마음먹었다고 한다.

축산대학 4년과 군복무를 마치고 일본 유학하며 아르바이트로 돈을 모아 아코디언을 샀다고 한다. 그런데 실험실에서 연주해보니 너무 울려 폐가 될까봐 못했다고 한다. 집도 작은 방 한 칸이라 남에게 폐가 될까봐 포기하고 그대로 간직했다가 한국으로 가져 왔다고 한다.

충주에서의 학교생활도 시간적 여유가 없었다. 퇴직하고 해볼까 생각하다 아파트 이웃에게 폐가 될까봐 잊어버리고 살았다.

몸이 힘든데 어깨에 메고 연주를 해본다. 방에서 아들이 나와 사진을 찍는다. 돈 없고 바빴던 힘든 유학시절에 하고 싶었을 텐데 이제야 메고 연주를 해보다니…. 다 때가 있는 것을! 눈물이 난다.

아들이 신기해하고 아름답다며 관심을 보이니 다행이다. 아빠 닮아 음감

아코디언 2019 oil on canvas 33.4×24.2㎝

이 있으니 언젠가 연주를 하지 않을까 기대해 본다.

　이렇게 조금씩 짐 정리를 한다. 미처 놓친 것을 찾기도 하고 과감히 버리기도 한다. 나의 삶에서 끝까지 함께 할 것은 무엇이고 놓아야 할 것은 무엇인지 생각하게 하는 시간이다.

탁구

아파트도 우리 부부와 함께 나이 먹어간다. 우리 몸도 조금씩 고장 나가고 집 구석구석도 손 봐 달라고 아우성이다. 우리는 병원에 들락거리고 집에는 아파트 관리 기사님들이 수시로 오신다.

식탁 위 전등이 말썽이다. 전기기사를 보내 준다고 해서 기다리고 있다. "정수 씨 오라고 할까?" 탁구장 식구인 정수 씨, 전기기사다. 컴퓨터 구입이나 수리 등 전기에 관한 것은 모르는 것이 없는 친구다. 이제 몸이 불편해 탁구장에 못 나간 지도 몇 년인데 아직도 그리운 모양이다.

남편이 퇴직하고 탁구장에 나가기 시작했다. 매일 10시경에 가서 운동하고 탁구장 식구들과 함께 점심하고 또 탁구치고 집으로 돌아오는 생활이 반복되었다. 나는 아직 학교에 나갈 때였다. 살짝 궁금해서 쫓아가 보았다. '엄마부대'와 몇 명의 남자분이 탁구를 하거나 의자에 앉아 쉬고 있었다.

그때 만난 분이 정수 씨다. 나도 가끔 가서 남편과 치며 조금씩 배웠다. 그러나 운동신경이 무뎌서 그런지 탁구도 그리 잘하지 못했다. 한 가지 위안은 '재미있으면 됐지 뭐. 땀까지 나고 운동도 되니까.'였다.

기사님이 와서 점검해 보더니 전등을 사다 놓고 연락하면 달아주겠다고 한다. 정수 씨에게까지 연락할 일은 아니다. 그러나 탁구장 식구를 만나고 싶어 하는 마음이 느껴져 짠하다. 기력도 떨어지고 눈이 많이 불편해서 외출하기가 힘들고 어지럽다고 하신다. 탁구장에 한번 들러보아야겠다.

스키

베란다 창고에 아직도 우리 부부의 스키 장비가 나란히 놓여 있다. 추억을 간직하고서. 남편은 일본 나고야에서 14년간 유학생활을 하였다. 혼자할 수 있는 운동을 찾다가 스키를 하게 되었다고 한다.

결혼 첫해 겨울방학이었다. 밖에는 눈이 오고 있었다. 남편은 주섬주섬 배낭과 스키를 메고 용평 스키장에 다녀온다고 나가는 것이었다. 이렇게 겨울철이면 혼자 훌쩍 떠나 스키를 타고 오곤 하였다.

아이들이 태어나고 큰애가 다섯 살쯤 되었을 때다. 네 식구가 천마산 스키장에 갔다. 고향집 눈 쌓인 언덕에서 포대 위에 앉아서 미끄러져 내려가거나 얼어붙은 논바닥에서 썰매는 타 보았지만 스키장은 처음이었다. 매장에서 어린이용 스키를 사서 아들들에게 가르치기 시작하였다. 나는 구경만하고….

이렇게 스키장과 인연을 맺게 되었다. 그런데 얼마 후 포천 베어스타운이 개장하고 회원이 되었다. 그래서 나까지 제자가 되고 네 식구가 나란히 슬로프를 타고 정상으로 올라가 내려오는 스릴과 행복을 맛보게 되었다.

그런데 세 남자가 오르내리는 동안 나는 정상에서 스키를 벗고 편히 앉아 구경하는 것이 더 좋았다. 가끔 커피도 한잔 마시면서. 베어스타운은 겨울철에는 눈썰매와 스키를 타고 다른 계절에는 쉬면서 주위를 돌아보고 나물도 캐서 음식을 해먹으며 주위 분들과 함께 하는 장소가 되었다.

92년 4월 어느 날 강원도 알프스 스키장에 아이들과 함께 갔다가 아직도

스키장의 아들들 2020 oil on canvas 24.2×33.4㎝

스키를 타고 있기에 우리 네 식구도 타게 되었다. 제철이 아닌 무모한 도전이라는 것이 드러났다. 눈이 무거웠다. 마찰이 스키 바닥을 붙들고 몸보다 처지게 만드는 느낌이었다. 결국 내가 넘어져 오른쪽 무릎이 꼬이게 되었다. 그 후 가끔 무릎이 아프곤 하였다.

남편의 퇴직이 가까워질 무렵 어느 겨울, 우리 부부가 슬로프를 타기 위해 기다리니 안내하는 학생이 바라보며 웃는다. "왜 노인이 타니 이상한가?"하며 우리도 웃는다.

남편이 스키 타는 멋진 포즈를 바라보는 것도 큰 즐거움이고 아이들의 재빠른 모습을 보는 것도 행복이다. 나는 세 남자보다 30분 정도 미리 콘도로 돌아와 식사를 준비한다. 거무스레하게 눈에 탄 세 남자의 얼굴이 보기 좋다.

아이들은 이제 삼십대. 바쁜 나이이다. 친구들과 가끔 스키장에 가도 이제는 스키가 아니라 보드를 탄다. "스키 어떻게 하지?" 묻는다. "버려야지 뭐." 아들은 대답한다. 그래도 우리 부부는 못 버리고…. 스키는 자신을 기억하라고 창고에 기대어 있다.

골프

1991년 초등학교 2, 3학년 아들들을 데리고 대학도시인 앨라배마 주 어번 대학에서 1년을 지내게 되었다. 어번 대학에 두 분의 한국인 교수님이 계시고 또 다섯 분의 한국 교수들이 안식년을 지내기 위해 연구교수로 가족들을 데리고 와 있었다. 자연스럽게 주말이면 함께 모여서 식사하고 대화를 나누고 아이들도 자연스럽게 어울렸다.

그때 처음 나와 상관없는 운동이라고 생각한 골프를 하게 되었다. 골프장 1년 사용료가 300불이고 가족과 함께 치면 50불만 더 내면 되었다. 350불이면 둘이서 1년 칠 수 있는 것이었다. 모두들 시간 날 때 골프장에 가고 가끔 함께 치기도 하였다.

우리 부부도 함께 나가 배워보지도 않은 공을 나름대로 치며 걷고 이야기하며 운동을 하게 된 것이다. 다른 교수의 조언도 받고 흉내도 내가며 배운 것이다. 폼이 좀 나쁘면 어떻고 잘못 쳐도 아무렇지도 않았다. 슈퍼마켓에서 100불 정도의 골프채도 구입했다.

1년을 마치고 귀국했다. 골프가 하고 싶어 연습장에 나가니 레슨을 받으라고 해서 폼의 교정 과정이 시작되었다. 한번은 레슨 샘과 함께 필드에도 나갔다. 미국 1년 사용료가 다 들었다. 이것이 아닌데 하는 생각이 들었다.

이것도 이제는 옛날 얘기다. 내가 무슨 운동을 했나 생각하다가 이렇게 골프까지 한 것을 생각하니 신기하기도 하고 감사하기도 하다.

오토바이

요즘은 조금씩 정리하는 것이 일이다. 앨범에 정리해 두었던 사진들, 그리고 필름과 함께 모아 놓은 사진들을 정리하며 "이때는 정말 젊었네." 하기도 하고 "어쩌면 이렇게 활짝 웃었을까?" 하며 차마 버리지 못하고 챙겨 둔다.

그러다가 남편이 오토바이 타고 있는 사진이 눈에 띄었다. 꼼꼼한 남편이 사진 뒤에 '1984. 5. 8 Relax Picnic 삼탄'이라고 써놓았다. 그 뒤에는 8명의 학생들이 시골길을 걷고 있다.

1980년 3월 처음 건국대 충주 분교로 발령받고 나서 처음 한 일은 하숙 구하는 일과 오토바이 사는 일이었다. 일본에서의 오랜 세월 동안에도 오토바이로 학교와 하숙집을 오갔듯이…. 출퇴근용이었다.

때때로 학생들과 소풍을 가거나 학년이 올라가 학교농장이나 실습을 가면 오토바이를 타고 방문하였다고 한다. 그리고 우리 아이들이 방학이면 충주에 가서 10여 일을 지내고 있을 때 아파트 근처나 교내를 오토바이에 태워 다니곤 하였다. 나는 무서워서 타지 않았다.

그런데 어느 해인가 수원 아버지 생신을 고향집에서 할 때였다. 남편이 충주에서부터 수원 변두리 시골까지 오토바이를 타고 온 것이다. 모두들 놀랐다. 떠들썩한 가운데 잔치는 끝나고 헤어질 시간이 되었다. 그런데 남편의 제안! 가는 길에 수원역까지 데려다 주겠다고….

왜 그랬는지 뒷자리에 올라탔다. 그러나 출발 즉시 후회했다. 워낙 타는 것을 무서워해 이집트 여행에서 낙타 탈 때 내려달라고 애원해서 걸어가기도 하고 필리핀 여행 때는 노새 비슷한 것을 타고 산을 올라가는데 무서워서 내려달라고 하니 내려주지를 않아 애를 먹은 적이 있다. 그 날 수원역까지 가는 동안 남편 허리를 붙들고 등에 머리를 대고 눈을 꼭 감고 "시간아 빨리 가라." 했던 기억이 있다.

남편이 퇴직할 때까지 20여 년 넘게 오토바이를 갖고 있었지만 그날 이후로 나는 절대 타지 않았다.

이 사진 한 장이 남편의 충주생활을 짐작케 한다. 아파트에서 학교로의 출퇴근, 서울에 올라오지 못할 때의 산행, 실습지 방문, 학생들과의 소풍, 수안보 온천까지 오토바이로 손쉽게 이동하는 모습이 보인다.

이제 젊은 날이 지나고 또 다른 삶의 시기를 맞고 있다. 시기마다 그 아름다움이 존재한다는 것을 믿으며….

초상화

어느 주제의 그림을 그리든지 재미있고 행복하고 힘이 들기도 하는 과정을 거친다. 마치 그림 한 점에 삶의 여정이 들어 있듯 모든 과정을 거치며 완성되어 간다. 얼굴을 많이도 연습했다.

재이 5개월 때의 사진을 보고 그림방에서 혼자 그리는 것이 시작이었는데 재이와 함께 웃기도 하고 함께 노는 행복한 시간이었다. 붓 터치가 조금만 달라도 표정이 달라지고 흐르는 교감이 엇갈린다.

나와 언니의 국민학교 시절 흑백 사진 그리고 우리가 결혼 전 처음으로 고향집에 인사 갔을 때 남편이 찍은 엄마 아빠 사진을 보고 그리워하고 울기도 하며 혼자서 그림방에서 붓질을 하던 행복한 시간이었다.

이덕선 선생님 젊을 때와 80대의 초상화를 그리기도 하였다. 순교자, 성인 성녀, 예수님을 그리며 함께 하기도 하였다. 아들들 어렸을 때 시부모님과 아줌마의 모습을 캔버스에 담아보기도 하였다.

가장 힘들었고 남편한테 핀잔만 듣는 그림은 남편의 초상화였다. 현직 때의 멋진 양복 차림을 그렸지만 내가 보기에도 남편의 그 느낌이 살아나지 않았다. 그래서 포기할까 하다가 '개봉동 피정의 집'에서 칠순 잔치를 하며 찍은 사진을 찾았다. 처제들이 만들어준 한과와 떡을 보며 함박 웃는 사진이었다.

4F 캔버스를 놓고 그리기 시작하였다. 그리고 고치고, 그리고 고치고 하다가 어느 날 붓을 놓았다. 맘에 들지 않지만 "끝내자."하며 사인을 하였다.

80대의 남편 2019 oil on canvas 24.2×33.4㎝

70대의 남편 2019 oil on canvas 24.2×33.4㎝   50대의 남편 2019 oil on canvas 24.2×33.4㎝

어느 날부터 남편은 8여 년 된 파킨슨병으로 인해 점점 기운을 잃어가고 혈뇨가 나와 진단해 보니 방광암 판정을 받았다. 고민 끝에 수술을 받고 집에서 쉬고 있다. 하루하루 움직이고 함께 밥을 먹고 옆에서 숨 쉬며 자고 있는 것만으로도 감사하게 생각한다.

갑자기 생각이 스친다. '영정'에 쓸 초상화를…. 아들과 의논한다. 몇 장의 사진을 뽑아준다. 작년 전시 때 아들이 내 사진을 찍으면서 남편도 찍은 사진을 그린 81세의 남편 그림이다.

이 초상화를 그리면서 그림방에서 그렸던 70대의 그림을 수정해 보고 싶었다. 그래서 화실로 가져가 10년 더 나이든 그림과 동시에 손을 보게 된 것이다. 그래서 두 개의 초상화가 완성된 것이다.

아들들과 며느리 그리고 남편에게 보여주며 "어느 그림을 영정사진으로 쓸까?" 물어 볼 것이다. 둘 중에 선택할 수도 있고 그냥 사진으로 하자고 결론이 날지도 모른다. 그러나 나는 70대와 80대의 남편과 호흡을 함께 한 것만으로도 행복한 시간이었다.

※ 후에 현직 때(50대)의 모습을 그리기도 하였다.

나이 듦

이덕선 선생님께서 아들이 보낸 『그리움, 그림이 되다』 두 권을 받으셨을 텐데 연락이 없어 은근히 걱정이 된다. 더위에 많이 편찮으신 것은 아닌지…. 아들이 "전화 드려 보세요." 한다. 혹시 무슨 일이 있을까 염려되어 떨리는 가슴을 쓸어내리며 전화를 한다. 한참을 받지 않으신다. '아드님 전화를 알아둘 걸' 후회를 하며 계속 귀 기울인다.

"여보세요?" 선생님 목소리가 들린다. "아! 선생님, 목소리 들으니까 살 것 같네요."하며 투정을 부린다. "이틀 전에 책 받고 1권의 반쯤 읽었어. 다 읽고 전화하려고 했지." 하신다. 힘들어 하시며 계속 말씀하신다. "이틀 동안 권 교수 책 읽으며 얼마나 행복했는지 알아? 내가 헛살지 않았구나, 이런 제자를 두었으니. 한편 이런 재능을 너무 오랫동안 화학만 하게 한 것은 아닌지 하는 생각이 들었지." "아니에요, 선생님. 선생님 덕분에 화학을 공부하고 학생들과 함께 지내는 동안 많이 행복했어요. 그리고 저의 삶의 기반은 화학에서 이루어졌는걸요. 감사합니다." "그러면 다행이고."

통 외출을 못 하시고 집에서 살살 움직이며 누워서 책을 조금씩 읽으신단다. 아무 것도 마음에 걸리는 것 없이 편안하게 감사하시며. 오랫동안 못 쓴 일기도 어제 쓰셨단다. 내 책 받고 읽으시면서 소감을 쓰기 위하여 그리고 우리 부부 건강하게 오래오래 잘 살라고 말씀하시는 것이 꼭 유언인 것 같아 나도 모르게 울먹인다. 그렇게 선생님의 축복을 받으며 전화를 끊었다.

소파에 앉아있는 남편에게 전화 내용을 보고한다. 남편은 오랫동안 황반 등 안과 질환으로 병원에 다녔지만 요사이는 부쩍 눈이 안 보인다고 한다. 그래서 아들이 처음 책을 갖고 왔을 때 드리니 조금 읽다가 힘들다고 놓아두었다. 먼저 나온 『그림이야기』는 읽었다고 하신다. "그럼 2권 조금씩 읽어드릴까요?" 하니 그러라고 한다.

1권에 최대환 신부님 그리고 박정미 수녀님 추천서부터 읽어드린다. 나에 대한 추천의 말씀을 내가 읽는다. 너무 잘 써주셔서 감사하며 계속 읽는다.

귀 기울여 듣는 남편, 첫 번째 이야기 방앗간으로 간다. 남편이 우리 식구가 되어 고향집에 갔을 때는 이미 방앗간이 헐리고 그 자리는 넓은 바깥마당이 되었다. 그래도 장인 장모님을 기억하며 말 없는 남편이 더욱 말이 없었다. 가만히 귀 기울이며.

이렇게 눈이 불편한 남편에게 조금씩 읽어준다. 읽으며 다시 그 기억 속으로 빠져 들어가는 것도 플라시보 효과가 난다. 읽을 때는 귀가 울리는 것 같아도 끝나면 기분이 상쾌해진다. 이것 또한 나의 일이고 기쁨이다.

이발

남편이 안락의자에 앉아 눈을 감고 쉬고 있다. 숱이 없는 머리는 길게 흐트러져 귀 뒤로 내려와 있고 뒷목과 턱에는 흰털이 불쑥불쑥 솟아나 있다. 코털도 몇 가닥 빠져나와 있다. 가끔 보일 때마다 눈에 띄는 코털은 가위로 잘라주곤 했는데 금방 자라 깔끔해 보이지를 않는다.

"이발하러 갈래요?"

대답이 없다. 한참을 있다가 "그럴까?"하며 일어선다. 내 도움을 받아 바지를 갈아입고 점퍼를 걸친다. 손을 잡고 천천히 아파트 단지 내 이발소로 향한다.

초등학교 2, 3학년 두 아들을 데리고 미국 앨라배마 어번이라는 곳에 1년 정도 산 적이 있다. 그곳에서 아이들 머리를 깎아주는 것은 남편 몫이었다. 보자기를 두르고 가위와 바리캉으로 아들들 머리를 다듬어 주던 남편의 모습이 떠오른다. 그때 좀 머리 손질법을 남편한테 배웠더라면 이럴 때 내 손으로 남편 머리를 다듬어 줄 수 있을 텐데….

머리 깎는 기억은 고향집으로 향한다. 미용실이 없는 시골이라 딸들 머리 자르는 것은 엄마 몫이었다. 그런데 셋째 딸에게는 머리 자르는 날이 우는 날이었다. 엄마가 머리를 잘라줄 때마다 거울을 바라보며 잘려나간 머리카락이 아까운 듯 머리가 너무 짧다고 눈물을 짜곤 하였다.

60여 년이 넘은 가족사진을 바라본다. 막내 남동생 돌잔치 사진이다. 언니와 나는 학교에 가고 없고 네 딸과 두 아들, 사촌들 그리고 할머니가 계시고 엄마 아버지가 젊은 모습으로 앉아 계신다.

네 여동생의 머리 모양을 바라본다. 세 여동생 머리는 귀 위로 짧게 잘려 있다. 그런데 셋째의 머리는 나풀나풀 귀 밑까지 양쪽으로 뻗쳐있다. 머리 자를 때 하도 울어대니까 엄마가 아예 길게 잘라 주신 것 같다.

머리는 우리 여섯 자매 중에 가장 길게 잘랐는데 무엇이 급하다고 그렇게 먼저 하늘나라에 갔을까? 함께 놀 자매들은 다 여기에 있는데…. 보고 싶고 그립다!

말끔하게 이발하고 면도한 남편이 다시 안락의자에 앉아 쉬고 있다. 바라보는 나도 어느새 편안해진다.

운동화

오늘도 남편과 오후 산책을 한다. 30분 정도 걸리는 짧은 산책이지만 감사한 시간이다. 남편이 심하게 어지러워하거나 기운이 없는 날은 하루 종일 집에 머물기에 이 가벼운 산책이 고맙기만 하다.

넘어질까 봐 서로 손을 꼭 잡고 걷는다. 조금 가다가 어린이 놀이터가 바라보이는 벤치에 앉는다. 눈을 감으니 아이들 노는 소리, 바람 소리, 새소리가 들려온다.

살짝 눈을 뜨고 고개를 내리니 남편이 신고 있는 오래된 운동화가 보인다. 퇴직하고 탁구장에 운동하러 다니던 시절부터 신었던 운동화다. 생각보다 많이 낡아 보이진 않는다. 오히려 허름해진 모습이 익숙하고 고맙게 느껴진다.

"좀 벗어보실래요?" 나의 말에 남편은 말없이 운동화를 벗어 놓는다. 핸드폰으로 사진을 찍는다. "그래, 남편이 살아온 하루하루를 담고 있는 낡은 운동화야, 너는 지금까지 걸어왔으니 내일도 모레도…. 남편 발에 신겨 함께 산책하기를 바라는구나!" 이 순간의 감사함을 오래된 운동화가 말해 주는 것 같아 가슴이 뭉클해진다.

남편과 세월을 함께 한 이 운동화, 그릴 수 있으려나….

산책 2020 oil on canvas 22×22㎝
운동화 2020 oil on canvas 33.4×24.2㎝

사진 한 장

국 샘이 카톡으로 산책 중에 찍은 사진을 보내왔다.

"비 오는 날 아침 철쭉꽃입니다."
"저장했어요. '비 오는 날 철쭉지다'로 그려볼까요?"
"좋네요!"

분홍색과 흰색 철쭉꽃 위로 비가 내리고 있다. 빗방울이 무거운지, 아니면 떨어질 때가 되었는지 세 송이의 흰 철쭉꽃이 두 팔 벌리고 떨어질 듯 춤을 추고 있다. 세 송이는 아직 가느다란 꽃술에 매달려 있고 옆의 한 송이는 이미 떨어져 꽃술만이 이슬을 머금고 있다.

자세히 들여다본다.

모든 생명의 生과 死 순환이 슬프고 아름답다.

어느 작가의 시 '천국 식구 한 명 늘었다네'가 떠오른다.

천국 식구 한 명 늘었다네

우리 집 식구 한 명 줄었네
즐거운 가족의 한 때가 깨어졌네
늘 그 자리에 있던 사랑스런 얼굴

철쭉 2020 oil on canvas 33.4×24.2㎝

보이지 않는 슬픔

그러나 천국 식구 한 명 늘었다네

정결케 되어 구원받고 온전해진 한 사람이

_『언어, 빛나는 삶의 비밀』, 스에모리 치에코 지음, 최현영 옮김, 바오로딸

매일 3시경 해 바라기와 따스한 봄바람을 쐬러 거동이 불편한 남편과 산책을 한다. 손을 잡고 공원으로 나가 조금 걷다가 놀이터가 바라보이고 햇볕도 내리쬐는 의자에 나란히 앉는다. 눈을 감고 앉아있으면 아이들의 재잘거림이 음악이 된다. 따스함, 살랑거리는 바람이 행복이다! 다시 손을 잡고 서로 의지하며 신일중학교 후문을 지나 걷는다. 큰길가 옆에 꿋꿋하게 서 있는 느티나무와 손으로 터치 인사, 오늘 산책의 전환점이다. 되돌아가 같은 의자에 다시 앉는다. 남편보다 조금 젊은 나는 의자에서 일어나 잠시 소나무에 기대본다. 파란 하늘을 올려다본다. 소나무 향도 맡는다. 다시 가서 앉아 남편 손을 잡는다. 두 손을 꼭 잡고 일어서서 함께 한 걸음 한 걸음 천천히 걷는다. 오늘도 아주 소중한 산책을 한 것이다. 아직 미래의 천국 식구 한 명이 함께 있음을 감사하는 시간이다. 사진 한 장이 생명을 사랑하게 하는 귀한 시간을 준다. 그림으로 풀어낼 생각에 빗방울의 떨림이 느껴진다.

말씀, 그림이 되다

만남

"그 뒤 그들 가운데 두 사람이 걸어서 시골로 가고 있을 때

 예수님께서 다른 모습으로 그들에게 나타나셨다."(마르 16,12)

파주 예수마음배움터가 문을 연지 얼마 되지 않았을 때다. 부천 역곡 성심여자대학에 근무하고 있을 당시 학교에서 피정을 배움터로 가게 되었다. 1박 2일의 영신수련 일정이었다. 서강대학을 거쳐 성심여대에 근무하게 된 후 오랜 세월이 흘렀지만 항상 신앙이 부족하고 예수님께 사랑받지 못한다고 느끼던 터였다. 요한묵시록의 "너는 이렇게 뜨겁지도, 차지도 않고 미지근하기만 하니 나는 너를 입에서 뱉어버리겠다."(요한묵시록 3,16)는 말씀은 나를 두고 하신 것 같았다.

강의를 듣고 한 시간 동안 묵상하는 시간이었다. 지금도 그렇지만 한 시간 앉아서 몸과 마음이 하나 되게 하여 묵상하는 것은 쉬운 일이 아니었다. 눈을 감고 앉았다. 아무 소리도 들리지 않고 고요했다. 그러나 마음은 요동치고 있었다. '어떻게 한 시간을 보내지? 무슨 묵상? 무슨 생각?'

앉아 있은 지 채 10여 분도 지나지 않았을 때다. 내 뒤에 누군가 서 있는 것 같았다. 나는 느낄 수 있었다. 예수님이셨다. 예수님이 아무 말씀도 없이 그냥 나를 바라보고 계셨다. 눈물이 쏟아지기 시작했다.

"나는 너를 사랑한다."고 말씀하시듯 나를 바라보시는 예수님! 한 시간 내내 흐르는 눈물을 주체할 수 없었다. 그 눈물은 나의 미지근한 의심을 송

두리째 씻어내었다. 그 다음 피정은 어떻게 진행되었는지 기억이 없다. 그런데 그 후부터는 내가 조금씩 달라져 가고 있었다.

사랑받고 있다는 믿음과 매 순간 주님께서 함께 하고 계시다는 자신감이 서서히 자라기 시작했다. 내가 일상에서 늘 만나는 사람들과 가끔 지나쳐 가는 사람들까지도 그 순간순간이 의미 있게 다가왔다. 풀잎 한 포기, 피었다 지는 꽃들, 종종걸음 치는 참새들, 나무 위에서 깍깍 울어대는 까치까지도 하루하루의 한 부분이고 사랑이었다.

때론 무감각해지고 주님의 사랑이 멀리 떠났다고 느낄 때조차도 나는 내가 하느님이 뱉어버릴 존재라고 여겨지지 않았다. '나를 항상 응원해 주시는 주님과 함께'라는 느낌으로 살 수 있었다.

오늘도 평범한 하루의 여정에서 "어떤 방법으로 주님을 만나게 될까?" 하고 설렌다. 당장 알아 뵙지는 못하더라도 기억의 창고에 간직되어 삶의 활력이 되는 나의 소중한 만남을 이 순간에도 기다린다.

나를 바라보시는 예수님 2016 oil on canvas 17.9×25.8㎝

두려움

"그 날 곧 주간 첫날 저녁이 되자 제자들은 유다인들이 두려워 문을
모두 잠가 놓고 있었다. 그런데 예수님께서 오시어 가운데 서시며
'평화가 너희와 함께!' 하고 그들에게 말씀하셨다."(요한 20,19)

　　H. 허나드의 우화소설 『높은 데서 사슴처럼』을 처음 펼쳤을 때 놀란 것
은 주인공 이름이 '두려움'이라는 것이었다. 목자인 주님을 만나 높은 곳으
로 가기로 결정했을 때 주님이 동반자로 주신 안내자가 '고통'과 '슬픔'이
라는 것도 나를 의아하게 만들었다. 게다가 중간에 만나는 '비참함'을 비롯
해 모든 무지를 깨는 감정들, 힘듦, 포기하고 싶은 수많은 일들을 상징하는
인물들이 등장한다.

　　"두려워 문을 모두 잠가놓고 있었다." 우리는 모든 일을 시작할 때, 특히
사람과의 관계에서 마음을 꽁꽁 닫아놓고 열지 않아 시작조차 못하는 경우
가 많다. 열어 보이고 싶지 않은, 있는 그대로 내어 보이고 싶지 않은 것들
을 묶어놓고 앓고 있는 것이다. 살아가고 있는 과정이다.

　　나는 어릴 적 시골에서 수원 세류국민학교로 전학 갔을 때 처음 이런 감
정을 겪지 않았나 싶다. 시골 사투리를 쓰는 나와 새 학교의 낯선 아이들.
마음의 문을 열지 못하고 꽁꽁 숨어 책과 함께 살지 않았나 싶다. 신지식
작가의 책 『분홍 조갑지』를 읽고 울며 위로 받던 기억도 있다.

　　수원여중고를 거치며 편안해졌다고 생각했는데 서강대에 입학하며 다

시 문을 닫아걸게 됐다. 내 의견을 말하기 보다는 듣는 쪽으로 '두려움'이 다시 도진 것이다. 서강대 학부와 대학원 6년을 마치고 성심 생활 40여 년을 거치는 동안 조금씩 문을 열고 사람과 소통하고 주님을 받아들이는 연습을 한 것 같다.

이제야 감사하면서 있는 그대로의 나를 사는 것 같다. '두려움'이 높은 데서 다시 살던 곳으로 내려와 조금씩 '비겁함'과 어울리고 차츰차츰 문을 열게 하고 살아가는 희망이 되는 것으로 우화소설 『높은 데서 사슴처럼』이 마무리 되는 것처럼.

그리고 이제 비로소 나를 있는 그대로 받아들이고 '있는 그대로의 나'를 사랑하시는 주님을 사랑하게 된 것 같다. 인연이 있는 소중한 사람들도 '있는 그대로' 사랑하고 싶다. 그리하여 닫아걸었던 문을 조금씩 빼꼼히 여는 것만으로도 감사하다. 흐르는 교감으로 행복하고 하루하루를 감사하게 된다.

젬마 성녀 2016 oil on canvas 17.9×25.8㎝

세례

"누구든지 위로부터 태어나지 않으면 하느님 나라를 볼 수 없다.(요한 3,3)

나는 가끔 생각한다. '내가 세례를 받지 않았다면 어떤 삶을 살았을까?' '서강대학이 아닌 다른 대학을 갔다면 어떤 삶이 펼쳐졌을까?' '성심에 가지 않았다면?' '퇴직 후 그림을 열심히 그리지 않았다면 노년을 어떻게 보내고 있을까?'

이 많은 나의 삶의 '만약에'는 '세례'를 통해 나를 '나의 길'로 가게 해주었다. 물론 그 다른 길들이 걸어온 길보다 못한 것은 아닐 것이다. 가보지 않았으니까! 그러나 나를 '나의 길로 인도하신 손길'이 있었음을 깨닫게 된 후 나는 감사에 감사를 드렸다.

내가 세례를 받게 된 것은 언니 덕분이다. 중학교 시절 껍딱지같이 고등학생인 언니와 함께 했다. 언니 친구들과 어울렸고 외삼촌 댁에 가거나 이모 댁에서도 함께 지냈다. 왕림 고모 댁에도 졸랑졸랑 따라다녔다.

'고색'이라는 곳에 언니 친구가 살고 있었다. 학교에서 우리 고향 집 가는 중간 지점이어서 가끔 들리기도 했다. 그 언니가 가톨릭 신자였다. 친구 따라 강남 간다고 언니가 영세를 하고 고등동성당에 나가게 되니 그 후 나도 '젬마'라는 본명으로 세례를 받았다. 중2 때인 것 같다. 언니 친구는 고등학교 졸업 후 얼마 안 있다가 수녀원에 입회했다. 구 교우마을인 왕림 고모 댁에 가면 함께 성당에 가곤 하였다.

지금 생각하니 특별히 신자생활을 잘 한 것 같지는 않은데 대학은 '서강대학' 아니면 '성심여대' 간다고 정한 것을 보면 나름대로 세례의 효과가 아닌가 싶다. 서강대 입학시험 때 특이한 토플식 영어 시험 보기 전 기도했던 생각이 난다.

　　서강생활 동안의 두려움과 힘듦을 공부로 풀지 않았나 싶다. 대모와 선배들을 만나 어울리기도 하고 우리 여학생 6명이 똘똘 뭉쳐 점심 먹고 실험도 했다. 창경원에도 가고 명숙이네 농장에도 함께 가곤하였다. 협스트 신부님을 만나고 지금도 연락을 주고받는 갈멜의 박종인 선배를 만나기도 했다. 으레 더 공부해야 하는 줄 알고 대학원에 진학해 공부를 마친 후 김재순 수녀님과 서울대 화학과 동창인 과장 선생님 소개로 성심대학에 가게 되었다.

　　예전에 어느 음악과 원로 교수님이 말씀하셨다. "나는 권 선생이 성심 졸업생인 줄 알았네. 그래서 자연스럽게 반말을 하게 된 건데. 미안!" 하신다. 어떤 분은 "나는 권 선생이 수녀님인 줄 알았어." 하시기도 했다. 수녀님들이 평복을 입으시기에 매일 미사에 참례하는 나를 보고 혼동하신 것 같다.

　　이렇게 수녀님들과 신부님, 동료와 학생들과 어울려 성심의 분위기를 호흡하며 성심인이 되어 갔다. 감사의 시간 속에서.

　　지금은 점심 후 화실에 간다. 한적한 공원길을 걸어서 가는 10여 분은 나의 귀중한 시간이다. 화실에서 익숙한 반가운 얼굴들과 함께 오후를 보낸다. 당신께서 인도하신 손길에 감사하면서! 이것이 '하느님 나라'를 사는 것이라고 생각하며 오늘을 산다.

희망

"너희는 위로부터 태어나야 한다. 바람은 불고 싶은 데로 분다.
너는 그 소리를 들어도 어디에서 와 어디로 가는지 모른다.
영에서 태어난 이도 다 이와 같다."(요한 3,7-8)

영어성경을 찾아보니 7절은 다음과 같다.

"Do not be surprised because I tell you that you must all be born again."

"새로 나야 된다는 내 말을 이상하게 생각하지 말아라." 이 말씀은 니고
데모 말대로 다 자란 사람이 어머니 뱃속에 들어가 다시 태어난다는 의미
가 아니다. 육적으로 다시 태어나는 것이 아니라 물과 성령으로 새롭게 태
어나야 하느님 나라에 들어갈 수 있다는 말씀이다.

나름대로 생각해 본다. 신분이 드러날까 봐 밤에 예수님을 찾은 니고데
모. 성공한 사람이었던 그는 육적 즉 세상적인 갈등이 있었고 예수님께서
말씀하시는 구원에 확신이 없었다. 그래서 남의 눈에 띄지 않게 몰래 찾아
간다. 주님은 그에게 세상 성공과 사람들의 떠받듦이 아니라 위로부터, 즉
물과 성령으로 다시 나야 한다고 말씀하신다.

우리는 세례로 다시 태어나고 견진성사로 든든해진다. 그러나 확신이 있
을까? 믿음으로 가는 과정에서 바람이 어디서 불어와 어디로 가는지 모르

듯이 흔들리기도 하고 때론 바람이 주는 상쾌함을 느끼듯 행복해 하기도 한다.

확실한 것은 흔들리는 여정 안에서 우리를 지탱해주는 것은 '위로부터 다시 태어난다.'는 그 사실이다. 불확실에서 확실함을 조금씩 살아가는 과정이 믿음의 삶이 아닐까? '사랑 받는다.'는 믿음 그리고 희미하게 보이는 듯 하지만 구름이 가려도 태양이 빛나고 있음을 믿듯이 주님에 대한 희망을 갖고 살아간다. 그러다보면 구원에 이르지 않을까?

열매

"나는 포도나무요 너희는 가지로다. 내 안에 머무르고 나도 그 안에 머무르는
사람은 많은 열매를 맺는다."(요한 15,5)

너무 많이 들어 귀에 스쳐지나가곤 했던 예수님의 이 말씀이 유난히 가
슴에 와 닿는다. 지금 나는 충실히 열매를 맺는 포도나무에 단단히 붙어있
는 가지인가? 아버지께서 잘 돌보시는 포도나무. 그 땅의 영양분과 물이 나
무줄기를 통과해 가지에 전달되어 싹이 돋고 꽃이 피는 포도나무. 그래서
열매가 열려 싱싱하고 달콤한 포도를 맺고 있는가? 나는 그 과정에서 어떤
노력을 하며 열매를 기다려야 할까?

어제 남편이 방광암 판정을 받았다. 담당의사는 다음 주 수요일에 입원
하여 목요일에 수술하자고 한다. 얼떨결에 그런다고 하고 수속 후 집에 오
는 길에 생각해 본다. 파킨슨을 앓은 지 10여 년, 몸이 많이 쇠약해지셨다.
긁어내는 수술, 아니면 그 부위를 들어내는 것까지 각오해야 하는 과정을
견딜 수 있을까? 더구나 그 후에 항암치료를 받게 되면?

많은 생각이 오고 갔다. 그냥 지금 상태로 지내면서 받아들이는 것은 어
떨까? 몇 년을 더 살고 못 살고의 문제가 아니다. 고요하게 마음 편히 함께
지내다가 가시게 하면 어떨까? 남편은 잠자리에 들고 아들과 의논을 한다.

오늘 20여 년을 보아온 윤 의원과 의논하고 다시 얘기하기로 한다. 그런
데 어제 진단 받고 오늘 새벽미사를 하니 마음이 고요해진다. 주님 안에 있

음이 감사하다. 우리 가족에게 또 다른 단계에서 당신 안에서의 마지막 열매를 맺으며 어떻게 살아야 하는지 알려주시는 시간 같다.

9시에 문을 열자마자 윤 의원에 다녀왔다. 사정을 말씀드리자 단번에 수술하는 게 맞다고 하신다. 내가 수술 안하면 어떠냐고 하니 '자연과학자' 맞느냐고 되묻는다. 그냥 놔두면 돌아가신다고. 그리고 방광암은 어려운 일이 아니라고. 그리고 노 교수가 견디어 내실 거라고 한다. 더 힘든 사람도 해냈다고 한다. 전문가의 의견을 듣는 게 옳은 일이겠지….

수술에 대한 의견을 나눌 겸 아들 정환에게 농협 하나로마트에 같이 가자고 말한다. 마트 가면서 정환이가 검색해 알아본 소견과 윤 의원 원장의 의견 그리고 내 생각을 종합한 결과, 수술하기로 한다.

별안간 아들이 말한다.

"여자친구 사귄지 1년쯤 됐는데 전시 때 소개해 드릴게요."

"응? 그래? 아유, 감사해라!"

"내년 5월쯤 결혼하려고 하는데…."

힘든 일과 좋은 일이 함께 온다더니 귀를 의심할 정도다. 아들 나이 40이 되는 지금까지 나도 남편도 결혼에 대해 물어보지 않고 아들도 말이 없어 불안했었다. 알아서 모든 걸 결정하겠지 하며 기다려 왔는데 느닷없이 결혼 소식을 알리니 가슴이 두근거린다. 거기에다 "일본 같이 갔다 왔어요." 한다. 그렇구나, 그랬어! "그동안 집 근처 일산에서 신혼집도 마련하고 스튜디오도 천천히 알아볼게요." 한다.

간절히 원하면 들어주심을 믿는다. 아들이 알아서 모든 것을 결정하겠지. 힘든 일, 좋은 일 다 겪는 것이 삶이다. 어떤 열매를 그 안에서 맺게 하실까?

포도나무 2019 oil on canvas 41.5×29.5㎝

아버지

"나는 혼자가 아니다. 아버지께서 나와 함께 계신다."(요한 16,32)

살면서 나에게 힘을 주었고 지금도 주고 있는 사람은 누구일까? 수많은 인연들이 나의 삶에 가볍게 또는 깊게 새겨져 지금의 나를 있게 한 것이다. 어렸을 때 그리고 일상의 나의 삶에 기반이 되셨던 분은 물론 부모님이시다.

아버지에 대한 최초의 기억은 여섯 살 때이다. 피난 갔다 와 아파서 죽어 가고 있을 때였다. 아버지도 못 보고 죽나보다고 엄마가 우시고 그 말을 듣고 언니가 뛰쳐나가 울고.

어느 날 나는 꿈결같이 아버지의 목소리를 들었다. "아버지 옷 입혀주세요."하며 온 힘을 다해 소리를 질렀다. 아버지가 방에 들어오셔서 비틀비틀 일어난 나에게 옷을 입혀주셨다. 그때부터 조금씩 회복되고 사람 꼴이 되어갔단다. '아버지'라는 이름은 나의 삶에 든든한 바람막이로 일생 지속되었다.

예수님께서 승천하시기 전 말씀하신다. "나는 혼자가 아니다. 아버지께서 나와 함께 계신다." 이 말씀으로 우리에게 깨우쳐 주신다. 간절히! "너희는 혼자가 아니다. 나와 나의 아버지 하느님께서 너희와 함께 계신다. 그러니 용기를 내어 신앙의 길을 가거라." 진실로 진실로 말씀하신다.

나는 나의 육신의 아버지의 힘에 의지했듯이 몇 백배 함께 하시는 은총의 힘을 믿고 싶다.

사랑

"너는 나를 사랑하느냐? 주님, 주님께서는 모든 것을 아십니다. 제가 주님을
 사랑하는 줄을 주님께서는 알고 계십니다. 내 양들을 돌보아라." (요한 21,17)

새벽미사에 가다가 건널목에서 연세 드신 형제님을 만났다. 형제님이 물
으신다.

"어디 다녀오세요?"

"새벽미사 가는 중이에요."

"아, 그렇군요. 나는 일산교회에 새벽기도 다녀오는 중이에요."

"몇 시인데 이렇게 일찍 다녀오세요?"

"5시요."

"하느님께서 함께 하시니 행복하십니다."

"그렇습니다. 좋은 하루 되세요."

건널목 건너는 짧은 시간에 대화가 오가고 헤어졌다. 성당까지 걸어가는
동안 마음이 따뜻했다. 내리는 비처럼 오늘 하루도 뜻밖의 만남으로 우리
를 촉촉이 적셔주신다.

매 순간 주님은 '당신을 사랑하냐'고 물으신다. 촉촉이 내리는 비를 통해,
만나는 사람들을 통해, 우짖는 새소리를 통해 세 번만이 아니고 끊임없이
계속 확인하신다.

나는 과연 베드로처럼 "제가 주님을 사랑하는 줄을 주님께서는 알고 계

십니다."하고 고백할 수 있을까? 오늘도 잠들었다가 깨어 있다가를 반복하며 걸어갈 것이다. 잠들었을 때는 자기만의 중력 속으로 빠졌다가 깨어나면 이웃에서 주님의 얼굴을 발견하고 '주님의 사랑'을 살리려고 노력할 것이다. 아니 이제는 깨어 늘 한결같이 주님의 사랑이 되고 싶다.

"일상 속에서 하늘의 사랑은 인간을 통해 수태됩니다."

(마틴 슐레스케 지음, 『바이올린과 순례자』, 134쪽)

한의원에 누워 있다. 침을 맞으며 고통의 신비를 묵상한다. 오늘 "너는 나를 사랑하느냐."는 말씀은 결국 "나는 너를 사랑한다."는 예수님의 사랑 고백이 아닐까?

"너를 위해 피땀 흘리며 기도했단다. 매 맞고 가시관 쓰고 피를 흘린 것은 너를 사랑하기 때문이다. 그리고 힘들게 십자가를 지는 고통을 받아들이고 결국에는 너를 사랑하기 때문에 십자가에서 나는 죽었다."

"나는 너를 사랑한다."

눈물이 흐른다. 나를 위해 음악이 연주된다. 의사와 간호사들이 당신의 손과 발이 되어 나에게 침을 놓고 나를 보살핀다.

성령 강림 대축일에

"성령을 받아라."(요한 20,22)

성당에 들어가기 전에 성령카드를 뽑았다. '지혜, 하느님의 뜻대로 판단하게 하고 구원이 필요한 일에 이끌리는 은사'라고 적혀 있었다.

10여 년 훨씬 전 처음 그림 그리기 시작하던 때의 일이 떠올랐다. 오랜 세월을 학교라는 울타리 안에서 지내다가 밖으로 나와 새로운 생활을 시작하는 떨림이랄까 약간의 생소함이 있었다. 조금씩 익숙해지고 화실 화우들과도 대화를 이어가게 되었다.

지금까지 내가 지내온 학교생활과는 다른 환경과 그 속에서 예술이라는 부분의 삶을 개척해나가는 사람들의 얘기를 듣는 것은 가슴 떨리는 일이었다. 주님이 나에게 필요한 일이 무엇인지 알려주려 하심이 아닌지, 나의 말과 행동을 어떻게 해야 하는지 묻게 되었다.

필요한 것은 지혜를 청하는 일이었다. 그러니 자연스럽게 해야 하는 말을 일러주시고 나도 놀랄 정도로 필요한 일을 하게 해주시는 경험을 하게 되었다. 새로운 세계에 적응해 가는 어려움 속에서 행복과 기쁨을 많이 주시고 인연을 만들어주셨다.

이제 자연스러운 삶의 일부가 되었고 나이 들어감의 여유를 즐긴다. 지금 나는 어느 단계에 와있는지를 알고 또 다음 단계로 넘어갈 때 '새로운 힘'을 주심을 느끼며 '주님의 보호자'와 함께 여정을 가고 있다.

감사의 미사를 끝내고 신부님과 얘기를 나눈다. "지혜를 뽑았어요. 저에
겐 특별한 경험이 있어요." 신부님께서 "형제님 것도 뽑으시지요." 하신다.
아, 그렇구나. '굳셈, 어려운 상황에서도 기쁜 마음으로 올바른 것을 지키도
록 용기를 주시는 이'라고 쓰여 있었다.

단 한 번 꼭 필요한 것을 필요한 때에 주시는구나 생각하니 눈물이 난다.
그래 지금 남편한테 꼭 필요한 은사는 기쁜 마음, 용기를 주시는 '굳셈'이
다. 집에 와서 '지혜'와 '굳셈'의 문구를 읽어드린다. 남편은 고요히 눈을 감
고 앉아있고 나는 오늘 하루를 감사로 시작하며 이 글을 쓴다.

엄마, 어머니!

"이 분이 네 어머니시다."(요한 19,27)

이 세상은 어머니가 계시기 때문에 돌아간다. 교회도 가정도 어머니가 안 계시면 어떻게 될까? 또한 '엄마'라는 말 속에 삶이 다 들어있다.

손녀 재이가 엄마 아빠 손을 잡고 들어온다. 초롱초롱 빛나는 눈을 하고 재이 특유의 미소를 띠고 바라보다 와서 안긴다. 며느리에게 좀 쉬라고 하고 재이와 논다.

며느리가 고맙다. 아들 짝꿍이어서 고맙고 특히 재이의 엄마여서 감사하고 감사하다. 놀다가도 엄마 품을 확인하는 재이! 엄마, 엄마! 엄마는 세상 끝까지 엄마다. 예수님의 엄마, 교회의 엄마이신 어머니 성모님이 계시고 또 우리 각자의 엄마가 있다는 것은 축복이다.

어머니

어머니, 당신은 우리의 어머니이십니다
어머니, 당신은 "말씀하신대로 그대로 이루어지소서"라는
응답으로 하늘의 어머니가 되셨습니다
어머니, 당신은 "이 분이 네 어머니이시다"라는 말씀으로
교회의 어머니가 되셨습니다

어머니, 저 젬마의 엄마는 마리아입니다

남편 아오스딩의 엄마는 요안나입니다

저는 요한과 요셉의 엄마입니다

어머니, 사랑하는 손녀 글라라의 엄마는 로사입니다

언젠가 글라라는 누군가의 엄마가 될 것입니다

어머니, 우리 모두는 어머니의 사랑을 전하는

자그마한 엄마입니다

삼위 일체 대축일에

"진리의 영께서 오시면 너희를 모든 진리 안으로 이끌어주실 것이다."(요한16,13)

오랫동안 ME 모임을 했다. ME는 Marriage Encounter의 약자로 결혼한 부부들이 일정한 교육을 받고 한 달에 한 번씩 모여 그동안의 삶을 나누는 모임이다.

늦은 결혼을 하고 학교에 가까운 개봉동에 살림을 차렸다. 아들 둘이 태어나고 시부모님이 돌봐주시고 아줌마와 함께 살았다. 아이들이 3, 4살 무렵 학교의 박정자 수녀님이 ME 교육을 신청해 주시어 의왕 예수회 피정의 집에서 교육을 받았다. 끝나는 날 의외의 분들이 환영을 나왔는데 개봉동 성당의 ME 식구들이었다.

이렇게 시작한 모임은 각자 개봉동을 떠난 후에도 이어져 30여 년간 계속 되었다. 삶의 나눔 뿐 아니라 각 가정의 대소사까지도 서로 챙기며 인생의 한 부분이 되었다. 세월이 흘러 미국으로 이민 간 이 젬마의 남편이 돌아가시고 그 후 막내인 차 바오로가, 다음에 쏠레 자매가 그리고 2년 전 바드리시오 형제가 떠나셨다.

이렇게 나이 들어가면서 앞서거니 뒤서거니 하며 하느님께 가고 또 우리 남편의 몸이 불편하게 되면서 모임을 접게 되었다. 성당에 다니면서 유일하게 참가해온 공동체였다. 가끔 잘 지내고 있나 궁금하다. 어느 날 미국에서 젬마가 오면 자매들만이라도 다시 만나게 되겠지!

오늘은 삼위일체대축일. 하느님께서 성부, 성자, 성령의 세 위격으로 구별되지만 한 분이시라는 삼위일체 교리. 이해하기 쉽지 않지만 그 신비를 믿음으로 받아들인다.

처음 ME 교육을 받을 때 ME 로고를 보고 감탄했던 기억이 떠오른다. 노란색으로 칠해진 두 원이 겹쳐지고 그 안에 예수님을 상징하는 십자가가 있다. 그리고 그 위에 붉은색의 사랑의 하트가 있고 '결혼, 만남'이라고 쓰여 있다. '부부가 만나 예수님 안에서 사랑을 이루다.'라고 할 수 있다.

나는 화학을 공부했다. 이 로고에서 부부간의 만남이 원자와 원자가 만나 분자가 되는 현상으로 다가왔다. 얼마나 깊고 넓게 겹쳐지느냐에 따라 결합에너지와 결합 길이가 결정된다. 서로 단단히 결합할수록, 인간관계로 말하면 서로 사랑할수록 서로간의 거리가 짧아지고 에너지가 크다.

가끔 서로 소원해졌다고 불평하고 힘들어하는 부부를 보면 화학이론으로 설명하곤 했다. 아무리 가까운 분자라도 각자의 원자핵을 그대로 갖고 어느 정도 거리를 유지해야 분자로서 살아갈 수 있다. 만일 가까이 가고 싶어 너무 가까이 가다보면 부딪치고 폭발한다고. 그것이 '핵폭발'이라고.

가끔 칼릴 지브란의 '예언자'의 결혼에 대한 부분을 알려주기도 했다.

"함께 있되 거리를 두라. 그래서 하늘 바람이 그대들 사이에서 춤추게 하라. 서로 사랑하라. 그러나 사랑으로 구속하지는 말라."

분자에서 서로 공유하는 부분 그리고 ME 로고에서 겹치는 부분은 지브란의 시에서 바람이 춤추는 부분이다. 그리고 신앙인에게는 그 사이에 예수님이 계신다. 믿음과 신뢰와 사랑을 쌓아가게 하시는 분.

ME 로고 2019 oil on canvas 24.2×33.4㎝

오늘 이해하기 어려운 삼위일체를 생각하며 분자와 ME 로고, 우리의 인간관계를 생각해 보았다. 공동체 안에서 '나'와 '너'의 관계를 맺고 있는 사람들, 그 안에 함께 하시는 삼위일체 하느님.

서로 소통하고 사랑해 겹쳐지는 그 부분에 소중한 흐름과 보살핌이 있지 않을까? 그 안에서 우리를 감싸 안으시는 분들, 아니 삼위일체이신 한 분을 느낀다.

해와 비

"그분께서는 악인에게나 선인에게나 당신의 해가 떠오르게 하시고 의로운

　이에게나 불의한 이에게나 비를 내려주신다."(마태 5,45)

　새벽 천둥소리에 잠을 깼다. 창문을 열어보니 비가 주룩주룩 오고 있다. 오랜만에 굵은 빗줄기가 창문에 부딪치며 흘러내려 물방울을 만들고 있다.

　산에도 들에도 아파트 숲 사이 공원에도 비가 내리고 있다. 밖의 주차장에 세워놓은 자동차에도 내린다. 모든 먼지를 씻어준다. 나무와 꽃과 풀들에게 생명과 살아갈 힘을 준다. 해가 모든 곳을 비추듯이 비도 구석구석에 내린다.

　하느님의 관심과 사랑도 모든 이에게 주어진다. 너는 성당에 다니니까, 교회에 다니니까 더 많은 사랑을 주고 너는 절에 다니니까, 또는 신앙에 관심이 없으니까 "나는 사랑하지 않는다."라고 하지 않으신다.

　해가 골고루 비치고 비가 구석구석 모든 곳에 내리듯이 모두를 사랑하신다. 그 사랑을 받아들이고 안 받아들이고는, 또 많이 받고 적게 받는다고 생각하는 것은 우리의 탓이다.

　내리는 비를 바라보며 하느님의 사랑을 느낀다.

연민

"그분은 군중을 보시고 가엾은 마음이 드셨다." (마태 9,36)

그림방에 가면 눈물이 그렁그렁한 것 같은 눈길로 나를 바라보시는 예수님이 계시다. 어떻게 보면 사랑 가득한 눈으로 바라보시는 것 같다. 어느 날은 가슴 깊이 우러나오는 슬픔 가득한 모습이다. 어느 때는 웃으시는 것 같기도 하다.

오래전 남양 성모성지에 들렸다가 '연민' 상본이 마음에 들어 사 와서 책상에 모시고 바라보곤 하였다. 어떤 마음 상태에서도 함께 해주심을 느끼게 해주셨다.

그림 그리기를 시작하였다. 선을 긋고 삼각뿔을 그리기 시작한다. 석고상도 스케치하며 조금씩 기초를 배워나가기 시작했다. 지금 생각하면 무식하면 용감하다고 은근히 예수님을 그리고 싶어 하지 않았나 싶다. 연필로이 '연민' 예수님을 스케치하였다.

그러는 사이 어느 때인가 화실 선생님이 선물이라며 주신 것이 그림방에 있는 예수님이다. 유화작품이다. 10여 년을 이사할 때마다 모시고 가장 바라보기 좋은 곳에 걸었다.

그래서 나뿐만이 아니라 그림방에 오가는 많은 사람들을 바라보고 사랑하고 계신다. 성당 청년들이 모이면 함께 즐겁게 이야기하시고 아마도 청년들과 함께 한 잔도 하셨을 것이다. 제자들이 방문하면 사랑 가득하게 나

연민 2007 oil on canvas 30.3×40.5㎝ ⓒ이경준

의 마음, 찾아온 제자의 마음으로 기뻐하시고.

특히 독서 모임을 좋아하시지 않으셨을까 생각한다. 멤버는 우리 학교에서 오랫동안 함께 한 영문학과 박정미 수녀님, 불문학과 남궁연 선생님, 우리 음악과 피아노를 전공한 이영숙 씨, 성심자매회 소속인 우리 화실 국지영 자매 그리고 화학을 가르치다 지금은 그림을 그리고 있는 나, 그리고 지금은 쉬고 있는 국길숙 자매, 새로 합류하신 음악과 교수였던 이남주 교수님, 그리고 예수님이시다.

매달 다양한 주제의 책을 정해서 읽고 모여서 이야기한다. 4년 동안에 그 모임을 통해 우리 하나하나를 이해하시고 사랑하게 되지 않았을까 생각한다.

"예수님, 조금 유식해지지 않으셨나요? 아! 2000년대 사람들의 생각, 살아가는 방법을 이해하시는데 크게 도움이 되었을 것 같아요. 거저는 없습니다. 우리 모두를 당신의 미소로 감싸주세요!"

선물

"너희가 거저 받았으니 거저 주어라."(마태 10,8)

우리는 얼마나 많은 것을 받았을까. 부모님에게서 육신을 받아 태어났고 생명을 받아 온전한 인간이 되었다. 나는 원해서 생명이 되었을까. 거저 받았다. 엄마의 젖을 거저 먹고 사랑과 보살핌을 받으며 자라났다.

거기에 함께 일상을 같이 한 형제자매까지 선물로 주셨다. 이웃분들과 동네 친구들도 주셨다. 내가 애쓴 것이 아니다. 자연스럽게 거저 주어진 것이다. 학교에 가니 가르침을 주실 선생님, 같이 공부할 친구도 생겼다. 그리고 성당에 나가니 본명도 주셨다.

당연히 해야 할 공부를 하니 칭찬도 듣고 상급 학교에 계속 간다. 어느 때 보니 비로소 받은 것을 나눌 수 있는 선생이 되어 있었다. 그런데 이 과정에서도 나누는 것보다 받는 것이 더 많았다. 학생들, 동료, 수녀님들. 모두가 거저 주어진 선물 같았다.

좋아하는 공부하고 실험실에서 보내다 보니 경제적 여유도 생기고 몸과 마음이 풍요로워졌다. 그사이 짝꿍까지 주셨고 더 보태어 아들 둘까지 주셨다. 나이까지 자연스럽게 주시니 그만 실험실에서 떠나게 하시어 그다음 준비해 주신 것이 화실이었다.

이제 화실 샘과 화우들을 주셨다. 그리고 둘째가 결혼하니 손녀 재이가 천사같이 나타났다. 감사와 감사의 나날이다. 큰아들이 사진을 하여 나의 그림과 글을 엮어 책도 내주니 이 또한 분에 넘치는 선물이다. 요사이 큰아들이 명희를 데려오니 식구가 더 생길 판이다. 큰애가 스튜디오 겸 출판사를 내니 이 또한 큰 선물이 아닐까.

　이제 이 거저 얻은 선물을 거저 주는 일만 남았다. 나에게 남아 있는 하루하루에 나의 삶을 나누게 하소서.

그림, 행복이 되다

재이와의 놀이

오늘은 추석이다. 재이네 식구가 방에서 자고 있다. 재이 엄마가 3월에 복직하고는 오랜만에 자는 것 같다. 오전에 차례 올리고 12시에 행신역에서 광주 외할머니 댁으로 간다.

재이가 오면 놀이는 시작된다. 처음에는 큰아빠 방에 가서 뛰며 여기저기 살피고 의자에 앉아있는 큰아빠를 빙빙 돌리고 논다. 한참 그러다 "할미, 피아노….."하며 피아노 뚜껑을 열고 앉아서는 "할미, 앉아."하며 건반을 누르기 시작한다. 그러다가 덮고는 나를 안방으로 끌고 가서 "여기 앉아." 하며 재이만의 놀이기구를 나르기 시작한다. 꽃으로 건배도 하고 "다녀올게." "다녀와."를 반복하다보면 성가정상 앞에 있는 종, 십자가, 작은 ME 액자 등 모든 것이 옮겨진다.

어제는 모형 야채 헝겊 바구니를 쓰고는 요리를 한다고 증조할머니가 사용하시던 작은 목탁의 나무봉을 가지고 요리를 하기 시작한다. 요리 재료는 네 개의 묵주다. 나중에 보니 작은 종이나 나무잔에 재료를 담아 식탁에 놓고는 우리를 불러 모은다. "할머니 거, 할아버지 커피, 엄마 거."하며 마시란다. 마시는 시늉을 하고 놓으니 "남겼잖아. 다 마셔야지." 한다. 들고 다시 마시는 척하고 "아, 맛있다."하며 입맛을 다시니 재이 눈이 번쩍….

안방에 갖다놓은 놀이기구를 다시 제자리로 함께 나른다. 그러더니 "개미 보러 갈까?" 한다. 산책 가자는 것이다. "그래, 모래놀이도 해야지." 앙증맞은 손을 붙잡고 나선다. 엘리베이터 버튼도 재이가 눌러야 한다. 신이 나

손녀 재이 2019 oil on canvas 24.2×33.4㎝

서 흥얼거린다.

놀이터까지 가는데 시간이 걸린다. 개미에게 인사도 해야 하고 떨어진 잎을 주워서 "먹어."하며 개미에게 주기도 한다. 놀이터가 보이니 뛰기 시작한다. 그네도 타야하고 미끄럼틀도 타야 한다. 그러나 그리 오래 머물지는 않는다. '모래놀이'를 해야 하기 때문이다.

모래를 양손에 한 움큼 집어 날려 보낸다. 진지하게…. 드디어 두 다리를 벌리고 모래 위에 앉는다. 할미도 앉게 한다. "두꺼비집 만들자."하며 작은 손을 모래 속에 집어넣고 한 손으로 두드린다. 할미도 모래 속의 추억을 함께 하며 노래를 부른다. "두껍아, 두껍아, 헌 집 줄게 새 집 다오."하며 시간 가는 줄 모른다. 옆에 있는 나뭇가지를 집어 모래 위에 꽂는다. 정원을 만든단다. 작은 가지, 큰 가지 모두 집어 꽂는다. 주위의 작은 돌들도 모아 놓으니 작은 정원을 이룬다.

시간 가는 줄 모른다. "갈까, 이제?" "아니, 조금 더…." 아이 세계로 빠져든다. 이렇게 시간은 정지한 듯 흘러간다. "할아버지가 기다리시는데 이제 갈까?"하니 아쉬운 듯 일어선다. "안녕, 잘 지내."하며 모래 위의 정원 식구들에게 인사한다. 손을 붙들고 집으로 향한다. 강아지풀이 인사한다. "할아버지께 강아지풀 꺾어다 드릴까?"하니 쪼르르 달려가 세 가지를 꺾는다.

할아버지 선물을 들고 발걸음이 가볍다. 갑자기 "할미, 하나가 없어졌어."한다. "두 개만 드리면 돼." "아니, 세 개여야 돼." 다시 한 가지를 꺾으러 간다. 세 가지를 할아버지께 선물로 드린다. 작은 유리잔에 꽂으신다. 일주일 동안 바라보며 재이 생각을 할 수 있는 강아지풀 꽃병이 된 것이다. 연둣빛 식탁 위에 여리디 여린 가지에 잎, 작은 강아지풀 열매도 예쁘다. 재이도 눈을 반짝거리며 웃는다.

아들의 촬영

다섯째가 보낸 마른 대추와 생대추, 유난히 크고 싱싱한 사과대추. 그리고 싶다. 어머니가 쓰시던 사기대접과 대추를 아들 요한이에게 보이면서 "사진 좀 찍어줄래." 부탁한다.

가만히 바라보더니 "혹시 무슨 천 같은 것 없어요?" 광목 행주치마를 준다. "다른 그릇은?" 어머니가 쓰시던 됫박을 준다. 그리고 나는 앉아서 바라본다. 이리저리 배치하는 모습이 아름답다. 한참을 걸리더니 드디어 찍기 시작한다. 방해될까봐 조용히 바라보기만 한다.

어느 날 최대환 신부님과 함께 문화 무크지 <루멘>을 만들 때 하신 말씀이 생각났다. "피자집에서 스파게티 한 접시 찍는데 한 시간 걸리더라구요." 그래, 그것이 예술이지! 몰입해서 창조해 나가는 시간이! "다 했어."하며 일어설 때까지 나는 바라보며 그 시간을 즐긴다. 대추를 봉지에 담기 전에 나도 핸드폰으로 찍는다. 그리고 광목천에 흩트려 놓고도 찍는다. 찰칵 찰칵 빠르게….

한참 후 16개의 작품이 들어있는 아이패드를 준다. 이 사진이 어떻게 그림으로 그려질까? 고맙다, 아들아!

대추 ① 2019 oil on canvas 24.2×33.4㎝

대추 ② 2019 oil on canvas 45.5×27.3㎝

대추 ③ 2019 oil on canvas 45.5×27.3㎝

방문이 열려있네

밤중에 자다가 일어나 물을 마시거나 화장실 갈 때 항상 바라보는 곳이 있다. 큰아들 방문이 닫혀있나 열려있나 보는 것이다. 우리 부부는 9시가 넘으면 잠자리에 들기 때문에 아들이 집에 오는 시간에 깨어있지 못한다.

그래서 자다가 문이 열려있으면 '아직 안 왔네.' 문이 닫혀 있으면 '와서 자는구나.' 하면서 안심하는 것이다. 어젯밤에 일어나 습관처럼 보고 오늘 아침에 바라보니 계속 열려있다. '그래, 이제 익숙해져야지. 어제 결혼하고 새 보금자리에서 자고 있지.' 40년 만에 드디어 자기 집으로 간 것이다.

바이러스로 온 나라가, 아니 온 세상이 어수선한 가운데 어제 큰아들 결혼식이 있었다. 감기 때문에 못 오신 분들이 있었지만 이러한 예식이 평소에 뵌 분들 뿐만 아니라 만나지 못하고 보고 싶은 얼굴들을 만나게 한다.

지금 생각하니 불편한 한복을 입고 반가워 손을 잡는 것만으로는 안 되어 껴안으며 눈시울을 뜨겁게 적시고 또 다른 손님을 맞아 웃고 감사하며…. 그리고 제대로 시간을 함께 하지 못함을 아쉬워하며….

80대 초중반인 아빠 친구 분들은 불편한 몸을 이끌고 의자에 앉아있는 남편과 해후를 하고 나와 인사를 한다. 그리고 옛날의 인연을 추억한다. 문득 생각이 스친다. 다시 만날 수 있을까?

많이 작아지신 아줌마, 아이들 유치원 친구 엄마, 함께 나이 들어가는 제자들, 서강 식구들, 10년 전 퇴직한 학교의 화학과 교수님들, 우리 함진아비 유 박사 부부, 힘들어 보인다. 각기 다른 곳에서 모인 개봉동 ME 식구, 돌

우리 기쁜 날 2021 oil on canvas 42.0×29.5㎝

체 식구들, 초로의 아빠 제자들, 이종 사촌 누이 두 분, 독서 모임 분들, 주리네 부모님, 화실 샘을 비롯한 화실 식구들, 이번 결혼 과정에 감사한 안드레아 부부, 그리고 벨라뎃다 부부…. 이루 헤아릴 수 없다. 그리고 주례를 맡아주신 성당 형제님, 성당 청년들과 며느리 친구들, 우리 형제자매들과 식구들. 사랑하고 사랑합니다. 그리고 감사합니다.

그리고 오늘의 주인공 아들과 며느리, 빛이 난다. 서약을 하며 목이 메인 며느리, 손님께 인사하다가 강원대학 시절 함께 자취한 친구와 인사를 나누며 눈물까지 흘리는 아들. 오늘의 이 아름다운 시간을 기억하며 행복하고 아름답고 사랑스럽게 지내기를! 갈멜 신부님의 축복이 머문다. 아기 때부터 지켜보아 오신 신부님, 감사합니다.

이제 우리 두 식구가 이 넓은 집에서 지내야 한다. 큰애 방문이 열려있는 것을 보면서. '가끔 루멘 스튜디오에서 점심을 먹으러 집으로 오겠지.' 하며 마음을 달랜다.

명희에게

명희에게!

오늘 너희들이 2주간의 신혼여행에서 돌아오는 날이구나. 매일 아침기도에 '자녀를 위한 기도'를 바치며 어느 날인가부터 고명희 미카엘라를 넣으며 네가 우리 식구가 된 것을 행복해했다. 고맙다. 정환이 곁에 와주어서 그리고 우리 부부가 너희가 서로 사랑하는 모습을 느끼게 해주어서. 이제 돌아와 새로운 삶의 여정을 시작하겠지!

오늘 읽은 책 『별이 빛난다』에서 수사님께서는 수도생활을 하나의 긴 여행으로 이해하고 계시는구나. 결혼생활도 마찬가지인가 싶다. 각자의 길을 가다가 두 사람이 만나 함께 여행길을 떠나는 것! 그러다 보면 자기만의 길을 약간 수정해야 하기도 하고 기쁜 일, 힘든 일도 생기겠지.

너무 참지 말아라. 너무 잘 보이려고 하지 말아라. 있는 그대로 보여주고 자기의 중심을 유지해라. 아무리 부부라도 정환이는 정환이, 너는 너이다. 그러다 보면 서로 이해하여 겹치는 부분이 자연스레 넓어지고 깊어지게 되겠지. 그것이 일생을 함께 할 긴 여행을 하는 길인가 싶다.

40년을 살아온 결혼생활을 되돌아보면 하나의 긴 필름이 돌아가는 것을 느낀다. 그런데 어느 순간 참을 수 없는 점이 있다 해도 긴 여정을 지나 생각해 보면 그것은 그 필름을 끊을 수 있을 정도의 대단한 것은 아니었던 것 같다. 그로 인해 오히려 성숙해지고 감사하게 회상할 수 있는 약간 도톰한 필름의 순간이라고 할까. 그러나 아무도 무어라고 정답을 줄 수 없는 것이 삶의 여정인 듯싶다. 너희만의 길을 만들고 인도받으며 선물처럼 주어진 것을 감사히 받고 나누며 사는 것!

　너희는 하나가 아니라 둘이다. 그러면서 하나의 공동체다. 각자가 행복하게 할 수 있는 일을 선택하고 실행해가는 여정에 서로 힘을 주는 공동체. 이제 그 한몸이 아름답게 빛날 수 있도록 여행을 떠난 것이다.

　사랑한다. 축복을 보낸다. 요한! 미카엘라!

엄마 마음

막내 여동생이 전화를 한다. 예정대로라면 내일 점심 수원에서 막내 남동생 생일 모임을 할 예정이었는데 '코로나19' 때문에 취소되었다. 섭섭해서 수다를 떨려고 한 것이다. 이것저것 얘기하다가 2월 1일 결혼한 아들 내외가 잘 지내는지 묻는다.

"언니, 텅 빈 것 같고 섭하지?" 하며 작년 11월 막내아들 장가보내고 허하던 얘기를 한다.

"그래, 나가 있다가 결혼한 둘째 때는 몰랐는데 정환이는 다르네. 계속 함께 있다가 떠나서 그러나~~ 좀 그러네."

엄마의 나이가 되어 봐야 엄마의 마음을 안다고 8남매를 하나하나 떠나보낼 때의 엄마의 마음이 어떠셨는지 이제야 조금은 알 것 같다. 특히 함께 있다가 시집보낸 다섯째 얘기를 하시곤 하였다.

큰언니와 셋째는 일찍 결혼을 하여 집에 없었고, 우리는 서울에서 함께 자취를 하였다. 많을 때는 다섯이서 할 때도 있었다. 그런데 다섯째는 엄마 아빠와 함께 고향집에 있었다. 잠시 수원에 있는 직장에 다니기도 하였고 여고 때부터 사귀고 있던 지금의 제부와 연애도 하고 있었다. 우리 자매 중 유일하게 연애 결혼한 경우였다. 그래서 결혼 전 집에 데려다주러 온 제부를 심하게 대한 적도 있었다.

다섯째는 자기만 집에 있고 연애한다고 걱정도 듣고 하니 엄마가 자신만

미워한다고 투덜거리곤 하였다. 어느 날 두 사람이 결혼을 하였다.

내가 어느 땐가 집에 갔다. 엄마가 혼자 계신다. 따뜻한 햇살이 비치는 툇마루에 앉아 계시다 반기신다. 이런저런 얘기를 하시다가 다섯째 얘기를 하신다. 함께 집에 있다가 결혼해 버리니 여간 허전하신 것이 아니었다고 한다. 그 날도 "잘 사나?"하시며 생각하고 있는데 "엄마~~"하며 다섯째가 들어오더라는 것이다. 껴안고 함께 울었다고 하신다. 후에 다섯째 동생이 말한다. 그 때 엄마와 실컷 울고 난 후 엄마가 나만 덜 예뻐한 것이 아닌가 하는 생각이 다 없어졌다는 것이다.

항상 문이 열려있는 큰애 방을 바라보며 '그래, 이제는 떠났지.' 하며 허전한 마음을 감사함으로 채운다.

가족 사진

오늘은 일곱 식구가 다 모일 것이다. 집에서 점심을 하고 루멘에서 새 식구가 생긴 기념으로 가족사진 촬영을 할 것이다. 큰아들 요한이가 청하기를 개량한복을 입으라고 해서 어제 하루 종일 베란다에서 봄볕으로 일광욕을 시켰다.

어제 아파트 장에서 산 쑥, 취나물, 시금치를 데쳐놓고 고기 구워 먹을 때 함께 먹게 미나리도 씻어놓고 호박전과 두부부침도 준비하였다. 그리고 재이가 좋아하는 맛있는 딸기도 샀다.

호박전과 두부전을 부치고 있는데 11시 반쯤 큰아들 내외가 들어온다. 케이크와 선물 가방을 들고서…. 명희는 전 부치는 것을 돕는다. 밥솥 스위치도 켠다.

12시가 다 되어도 작은아들 식구는 아직이다. "오겠지." 하며 엘리베이터를 탄다. 재이와 함께 손잡고 들어올 기쁨에 들떠서…. 주차장을 거쳐 정문 앞으로 서서히 걸어간다. 차가 들어오는 것이 보여 나도 다시 주차장으로 간다. 재이의 작은 손을 잡고 오늘 하루 지낼 생각에 행복하다. 작은아들 내외가 마장동 축산시장에서 구울 고기를 사왔다며 푼다. 의자가 부족하다. 보조의자로 대신한다.

재이를 중심으로 한쪽에는 남자, 마주 앉은 쪽에는 여자, 모두 일곱 식구다. 살치살, 갈비살, 등심 순서로 맛있는 고기가 두 아들의 손으로 구워지고 전과 나물 그리고 생일날 끓였던 미역국, 모두들 맛있게 먹는다. 그리고 나

가족사진 2020

의 생일 해피송….

3시에 루멘으로 출발, 루멘 앞에서 보라색 꽃이 반긴다. 화단을 탈출한 '이름 모를 풀'을 그리면서 "네 이름이 뭐니?" 묻던 생각이 난다. 그런데 역시 이름 모를 예쁜 꽃이 피었구나! 까치골 동생네 농장에 조금 옮겨 심어야겠다.

오랜만에 들어간다. 작은 며느리가 "아름다워요." 한다. 처음이란다. 그렇구나. 오픈 전시 때 재이와 재이 아빠만 왔었지…. 명희가 커다란 조명 우산을 옮기며 돕는다. 한두 번 해본 솜씨가 아니다. 그동안 함께 해 본 모양이다. 아름답다.

재이가 어린이 흔들의자를 타며 재미있어 한다. 드디어 촬영시작. 우리 부부, 큰아들 부부, 재이네 세 식구, 이렇게 일곱 식구의 가족사진이 완성된다. 그리고 우리 부부만의 사진이 이어진다. 행복한 시간이 흐른다. 재이가 차에 타며 "할머니 집에서 더 놀고 싶은데…." 한다. 아쉽게 떠나고 떠나보낸다.

또다시 둘만 남았다. 피곤하지만 오래 가슴에 남을 하루다.

자화상

가족사진을 찍고 10여 일 후 줄줄이 사진이 카톡으로 도착한다. 일곱 식구가 찍힌 전체 가족사진, 재이네 가족사진, 작은아들 부부, 재이가 흔들의자에 앉아서 노는 여러 표정의 귀여운 사진들, 우리 부부사진. 그리고 나와 남편의 독사진이다.

약간 옆면으로 찍힌 나의 사진을 들여다보며 4F 캔버스에 그릴 수 있게끔 편집한다. 아크릴로 형태를 잡아간다. 재이도 그리고 남편 초상화도 그려봤지만…. 이제는 내가 나의 자화상을 그리다니!

내가 내 앞에 마주 앉아 대화한다.

"네가 나 맞니?"

"언제 이렇게 나이 들었니?"

"코와 입 사이가 넓잖아!"

"좀 웃어봐."

"눈도 크네…."

"안경이 삐뚤어졌어."

"점은 다 어디로 갔나?"

"피부 색깔이 전혀 다른데…."

대화를 나눌 때마다 조금씩 고쳤다가 다시 고치고 피부색도 바꿔본다. 배경은 루멘 사진관의 휘장 색깔로 한다.

대화는 계속되고 조금만 붓질이 달라도 또 다른 내가 된다. 마치 선택된

자화상 2020 oil on canvas 24.2×33.4㎝

언어와 행동에 따라 생소한 또 다른 나를 깨닫듯이. 어떤 색깔을 쓰느냐, 어떻게 붓을 다루느냐에 따라 조금씩 달라지는 나를 바라보며 삶의 여정에서의 또 다른 단계를 생각한다.

어느 날은 붓을 놓고 지긋이 바라본다.

"음, 느낌은 어느 정도 산 것 같은데 얼굴이 좀 긴 것 아니야? 그래, 오늘은 여기까지다. 수고했다."

화실 샘에게 핸드폰으로 찍은 자화상을 보여드린다. 샘이 화실로 가져와 함께 고민해보잔다. 나의 삶의 여정에서 누군가의 크고 작은 영향을 받아 나를 이루어갔듯이 그림을 완성해가는 과정도 전문가의 손길이 필요한 것 같다.

나의 얼굴을 손 봐달라고 하는 것이 어색하기 그지없지만 화실로 들고 간다. 샘이 얼굴 왼쪽 부분이 좁아서 길게 보인 것이라고 하며 마치 다른 그림 레슨 하듯이 붓을 댄다.

나는 차분히 바라본다. 피부색이 자연스러워지고 왼쪽 얼굴을 조금 늘리니 안경 위치도 달라진다. 이렇게 수정해 나가니 새로운 느낌의 내가 나를 바라보고 있다.

마지막 손질이 남아 있다. 아니, 마지막 여정이 기다리고 있다. 완성된 초상화 속의 나의 모습과 내 삶의 마무리 여정이 겹쳐진다.

마주 앉으니 새롭네

큰아들이 결혼해 나가니 두 아들의 방이 다 비었다. 큰아들 방을 아이들이 올 때 이용하기로 하고 작은아들 방은 그림방하려고 정리하다보니 아들 책상으로 쓰던 그린색의 테이블을 식탁으로 사용할까 하는 생각이 들었다.

일산으로 1994년 이사 올 때 같은 색 원형의 식탁과 함께 산 것이다. 다 모이면 식구가 7명이 되니까 그동안 사용하던 원형 식탁으로는 부족하다. 꺼내어 함께 붙여놓으니 색깔도 같은 톤이라 무리가 없다. 모양이 하나는 직사각형, 하나는 원형이다. 좀 안 어울리지만 우리 부부만 식사할 때는 직사각형 테이블을 사용하기로 하였다.

그동안 25년을 네 식구가 원형식탁에서 식사하다보니 식사 때도, TV를 볼 때 소파에서도 남편과는 서로 옆에 앉아있으니 얼굴을 볼 기회가 드물었던 것이다. 직사각형 테이블에 마주앉아 식사를 하니 신기하기까지 하였다. 아니, 훨씬 정감이 가고 무언가 새로운 사람과 새로 시작하는 느낌이랄까! 함께 밥 먹는 위치만 바꾼 것이 이런 마음의 변화를 주니 놀랍다.

나이 들어가며 아주 자그마한 변화, 마음 씀씀이가 새로움을 준다면 자칫 지루하기 쉬운 노년을 재미있게 살 수 있지 않을까?

매일의 의식

"매일의 의식이 그 분에게는 삶에 대한 기쁨의 원천이었다."(『황혼의 미학』, 158쪽)

오늘은 재의 예식 다음 금요일이다. 평상시의 한 주의 스케줄로 보면 수요일, 금요일은 새벽미사로 하루를 시작하는 날이다. 더구나 사순시기 금요일이니 '십자가의 길'도 빼놓을 수 없는 의식이다.

그런데 코로나19로 모든 성당에서 미사를 올리지 않는다. 천주교가 우리나라로 전래된 이래 처음 있는 일이라 한다. 성당 가듯이 5시경에 일어나 준비하고 간단한 성무일도로 하루를 시작한다. 오늘 복음을 읽는다. 성당에 가는 대신 TV 앞에 앉아 가톨릭 평화방송 6시 미사에 참여한다.

이번 주에 시작한 새로운 의식이다. 그러나 안타까운 것은 성체를 영하는 모습을 바라보기만 할 뿐 직접 영하지 못한다. 그래도 이 어려운 시기에 미사를 시청할 수 있다는 것만도 감사하다. 미리 녹화한 장면이라고 자막에 나온다.

남편과 아침 식사 후 신문을 훑어보고 책을 읽는다. 간단히 메모도 한다. 점심 식사 후 보통 때 같으면 화실에 나가서 2~3시간 정도 그림을 그리고 오지만 화실도 당분간 문을 닫았다. 둘째의 방에 그림방을 꾸몄지만 아직 거기에서 그림을 그리는 습관이 들지 않았다.

1시간 정도 책을 읽고 거실로 나가 남편과 시간을 보낸다. 코로나19 현황 뉴스를 본다. 환자분들과 의료진들 그리고 애쓰는 모든 분들을 위해 기도드린다. 그 다음은 아이패드로 황창연 신부님의 토요특강을 남편과 함께 본다. 어떻게 그렇게 다양한 주제를 쉽고 재미있게 강의할 수 있는지 놀랍다.

각자 잠시 쉰다. 남편은 소파에서 눈을 감고 고요하게 머문다. 나는 방으로 들어와 눈을 감고 앉아있거나 음악을 듣는다. 마스크를 쓰고 잠시 산책 겸 홈플러스로 간다. 야채, 두부, 계란, 우유 등 간단히 들고 올 수 있을 정도로 산다. 공원 의자에 앉아 국 샘이나 자매들과 통화를 한다. 서로 잘 있음을 확인하는 시간이다.

집으로 와서 식재료를 정리하고 간단히 저녁 준비를 한다. 그리고 요사이 새롭게 생긴 의식은 6시에 다시 TV 앞에 앉는 일이다. '삼종기도와 묵주기도'를 한다. 코로나19가 새로운 삶의 의식을 하게 한 것이다. 평소 묵주기도는 새벽에 일어나 두 단을 하고 나머지는 화실을 오가며 공원에서 하곤 하였다. 성지가 화면에서 나오고 함께 기도드리는 기분이 들어 좋다.

저녁 식사를 간단히 하고 목욕 후 잠옷으로 갈아입는다. 간단히 뉴스를 본다. 코로나 확진환자가 기하급수적으로 늘어나고 있다. 남편은 드라마를 하나 보고 방으로 들어가신다. 나는 잠시 거실에 머문다. 아파트의 모든 불빛이 열심히 살고 있다고 반짝인다. 잘 이겨낼 거라고 반짝반짝한다.

"주님, 오늘 하루 베풀어주신 은혜에 감사드립니다. 자는 동안도 지켜주시어 편히 쉬게 하소서."

하루를 끝내고 잠자리에 든다.

"주님, 당신께서는 제게 매일 새로운 하루를 선사하십니다.
당신 앞에서는 매일이 중요합니다."(『황혼의 미학』, 129쪽)

방, 콕!

요사이 나의 삶에서 가장 한가로운 일상을 보내고 있다. 성당, 화실, 만남. 모든 것이 정지된 상태다. 코로나 바이러스가 삶의 모든 일상을 바꾸어 버렸다. 마스크 쓰고 공원 앞길을 산책하거나 마트에 잠깐 다녀오는 것이 고작이다.

마트에 가서도 평소에 잘 안 사던 것들을 눈여겨본다. 손이 많이 가서 안 해 먹던 반찬거리들이다. 며칠 전에는 당뇨병에 대한 이야기를 한다기에 TV를 켰다. 윤 의원님이 당뇨를 조심하라는 것이 생각났기 때문이다. 그러나 머리에 남은 것은 연근을 먹으라는 것이었다.

검은 흙이 묻어있는 연근을 샀다. 처음 시도해 보는 것이다. 검색해 보니 자세히 나와 있었다. 껍질을 벗기고 썰어서 식초물에 담갔다가 살짝 데치란다. 그대로 했다. 찬물에 씻어서 연근밥 할 것은 잘게 썰어 냉동실에 보관하고 남은 것은 간장에 졸여서 놓고 조금씩 먹는다. 소위 밑반찬이 된 것이다.

그 다음 날은 아파트장에서 냉이와 쑥을 샀다. 평소 같으면 자매들과 농장에서 캐고 뜯으며 행복한 봄날을 보내며 갖고 왔을 텐데…. 안타깝지만 사서라도 봄 향기를 맡고 싶었다. 된장을 풀어 냉이국을 끓이고 어린 쑥은 냉이도 좀 썰어 넣고 양파도 넣어 도토리가루와 부침가루를 섞어 부침을 했다. 남편과 함께 맛있게 먹었다. 주부의 행복이 무엇인지 조금씩 느껴진다.

그래도 '방, 콕'하려니 살짝 지루해지려고 한다. 두 아이들 방 중 하나에 그림방을 차린다. 땀이 난다. 집에서 아크릴로 좀 시도해봐야지 한다. 이사 온 후 물만 주고 돌보지 않던 화초들의 누런 잎도 떼어낸다.

어느 날 오후에는 마스크를 쓰고 다시 마트에 간다. 씀바귀와 달래가 눈에 띈다. 손이 많이 가서 슬쩍 눈을 딴 데로 돌리곤 했던 것이다. 하나하나 정리하며 달래는 씻어놓고 씀바귀는 살짝 데쳐 물에 담가놓는다. 쓴 맛을 빼기 위하여. 그러다가 "쓴 맛에 먹는데 뭐."하며 꼭 짜서 저녁에 무쳐먹어야지 하며 냉장고에 넣는다.

전화벨이 울린다. 큰아들과 며느리가 유치원 퇴근길에 저녁을 먹으러 온다. "야호!" 손길이 바빠진다. 평소 같으면 화실 다녀와 간단히 저녁을 했을 텐데…. 고기를 꺼내놓고 연어에 소금과 후추를 뿌려놓고 된장찌개를 준비한다. 마침 달래까지 있으니 금상첨화. 씀바귀도 달래를 넣고 새콤달콤 고추장 양념을 한다. 엄마가 해주시던 고향 냄새가 난다.

이렇게 네 식구의 멋진 만찬. 연근조림, 씀바귀나물, 두부찌개, 소고기 등심구이, 연어구이까지. 후식은 짭짤이 토마토로….

식탁의 향기들이 방마다 고요히 스며든다.

그림, 그리움이 되다

나의 태어남을 그리다

본가 대문에 걸려있던 인줄(금줄)이 기억난다. 항상 새끼줄에 소나무 가지와 숯이 끼어 있어 "우리 또 딸 낳았소." 하는 인줄….

그렇게 여섯 딸이 태어났다. 어느 날 할머님의 기쁜 소리…. "고추다!"

처음으로 아버지는 빠알간 고추를 끼어 넣으시며 미소를 지으셨겠지! 그리고 여덟째 막내 남동생이 태어나고 고추와 숯, 소나무 가지를 넣어 새끼를 꼬아 만든 금줄이 대문 위쪽에 걸려있던 모습이 눈에 선하다. 이렇게 6녀 2남의 아버지와 어머니가 되시어 삶의 보금자리를 이루시고 하나하나 결혼시키시고 빈 둥지가 되어 사시다가 하늘로 돌아가시었다.

엄마는 항상 긴 앞치마를 입고 계셨다. 부엌일이 끝나고 젖은 손을 행주치마에 닦으시며 나오시던 모습이 생각난다. 자매들 카톡 방에 '앞치마'를 갖고 있는지 올렸다.

"혹시 옛날 앞치마 갖고 계신 분 있나요?"

"행주치마요? 우리가 방 귀퉁이에 치고 '아주머니댁, 우리 집'하며 놀던 그 앞치마요?"

"내가 좋아서 결혼할 때 엄마에게 달라고 했었는데 찾아볼게요."

막내는 찾아보았지만 없다고 한다. 나는 행주치마 대신 오래 되어서 누렇게 된 광목천을 발견하고는 이것으로 만들면 되겠구나 싶었다. 새벽미사 끝나고 벨라뎃다 자매에게 행주치마 얘기를 하였다. 그랬더니 자기가 바느질을 잘 한다며 만들어 주겠다고 한다. 함께 우리 집으로 와서 광목천을 가져가고 그날 저녁에 다 만들었다고 연락이 왔다.

절구와 인줄(금줄)을 검색한다. 떡을 만드시다가 진통이 와서 나를 낳으셨다고 한다. 무엇이 더 필요할까? 그렇지! 손으로 떡을 뒤집을 때 뜨거우니까 손을 식힐 물 담을 바가지가 필요하겠구나 싶었다. 영종 집을 정리할 때 시어머니가 쓰시던 바가지를 갖고 온 것이 생각나 찾아서 물을 담아본다. 그리움이다. 베란다에 연산홍이 곱게 피었다. 한 송이 딴다. 내가 태어날 때 피었을 진달래 대신 물에 띄우고 사진을 찍는다.

솔가지와 숯이 달린 새끼줄을 맨 위에 배치하고 뒤에는 흙담으로 설정한다. 떡을 찧다가 말고 들어가시느라 앞치마는 절구에 걸쳐져있다. 절구봉은 절구에 비스듬히 기대어 있고 물 담긴 바가지는 맨 앞에 놓여있다. 시골 마당과 흙담이 그립다.

갓 태어난 노오란 아기 병아리(나는 닭띠)를 그려 넣는다. 공기놀이를 하고 놀던 언니(다섯 살)를 생각하며 그린 작은 다섯 개의 공깃돌이 추억을 불러일으킨다.

엄마의 생신이기도 한 할머니 생신 날, 떡을 만드시다가 진통이 와서 나를 낳으셨다는 말씀이 '나의 태어남'의 그림이 된 것이다. 이제 그림을 바라보며 두 아들의 엄마이고 손녀의 할머니인 나, 다시 아기가 된다. 감사와 그리움의 시간이다.

미국의 작가 마크 트웨인은 말한다. "인생에서 가장 중요한 날이 이틀 있는데 내가 태어난 날과 내가 태어난 이유를 알게 된 날이다." 그러고 보니 가장 중요한 날 중의 하나를 그린 것이다. 언젠가 '내가 태어난 이유'를 그림으로 풀어낼 수 있기를 희망해 본다.

나의 태어남 2019 oil on canvas 40×70㎝

언니는 별명이 없네!

우리 여덟 형제자매들의 이름은 다음과 같다.

첫째 딸 권영대
둘째 딸 권영순
셋째 딸 권병례
넷째 딸 권병덕
다섯째 딸 권병담
여섯째 딸 권병옥
큰 남동생 권병훈
작은 남동생 권병남

둘째인 나 권영순은 해방둥이다. 1945년 5월 1일(음력으로 3월 10일)로 호적에 되어 있으니 해방 전에 태어났다. 그래서 언니와 나는 항렬을 따르지 않고 꽃부리 英, 일본어의 エイ(EI로 읽고) HANA 즉 꽃이라는 의미가 있는 '영' 자를 썼다고 한다.

그 다음 셋째부터는 '병'자 돌림이다. 그런데 이름 부르기에는 '병'자가 힘도 들어가고 자연스럽게 나오지 않아서 그런지 쉽게 발음 되는대로 고쳐 부르곤 하였다.

하늘나라에 먼저 간 셋째인 '병례'는 '빠네' 또는 '빠네 씨'라고 불렀다.

"빠네 씨, 하늘나라에서 잘 지내지? 보고 싶네!"

넷째는 '빠덕' 또는 '뽀덕'으로 부르고 자주 '덕자' 또는 '덕자 씨'도 자연스럽게 나온다.

다섯째는 뽀담, 빠담, 담자가 되었고 막내 여동생은 빠옥, 옥자로 부른다. 그런데 다섯째는 별명이 또 있다. 아기일 때 업고 나가면 동네 아주머니들이 얼굴이 크고 둥글다며 "다마사탕이네."하시곤 하였다. 지금은 아련하지만 어렸을 때는 이 별명도 자주 불렀다.

여고 시절인 듯싶다. 친구와 함께 '오목내'에서 수원 시내버스에 내려 우리 집이 내려다보이는 언덕을 내려오고 있었다. 그런데 저 아래에서 큰 남동생이 올라오고 있었다. "어머, 우리 큰오빠네!" 나의 말에 친구는 놀라 묻는 것이었다. "어디?" 실은 남동생은 5, 6세의 어린아이였는데 우리 남자 형제 중에 장남이니까 우리는 가끔 장난으로, 아니 자랑스럽게 딸 부잣집의 큰아들이라고 '큰오빠'라고 부르기도 하였다. 그러나 보통은 '훈자'라고 부른다.

막내 남동생은 '남짜'가 되었다. 지금도 막내에게 '아기나자'라고 가끔 부른다('아기'는 애기를, '나자'는 애칭 남짜를 발음하기 쉽게 '아기나자'라고 부른 것). 환갑이 지났는데도 누이들에게는 여전히 어릴 때 재롱부리던 아기이다.

나와 언니는 따로 부르는 이름이 없다. 어렸을 때 엄마가 불러주던 "영순아~"가 아련히 들려온다. 그리고 어느 때부터인가 동생들은 '박사언니'로, 언니는 '박사'라고 부르기도 한다. 나는 "영순 언니" "영순아~"로 불리는 것이 더 좋은데….

그런데 맏이인 언니는 별명이 없다. 그냥 '언니'다. 우리 집 대장의 이름을 부를 일은 없으니까! "언니~~" 다정한 이름이다. 지금은 엄마를 대신하는 이름이다.

원두막

어느 해 여름 까치골 복숭아 농원에서 네 자매가 밤을 보냈다. 옛날같이 별빛이 쏟아지지는 않았지만 별을 친구 삼아 복숭아 향기를 맡으며 농원을 거닐기도 하고 양푼에 밥을 비벼 함께 먹기도 하였다.

한밤중에 일어나보니 온 세상이 달빛이다. 복숭아나무에 기대어 고요 속에 머문다. 시원한 새벽바람에 감사를 드린다.

원두막에 올라 먼 산과 들판을 바라본다. 매미소리가 요란하다. 바람에 허수아비 아저씨의 옷자락이 날린다. 떠가는 햇빛과 바람에 옥수수가 익어가고 있다.

밤새 모여 옥수수 수술에서 잠자던 풍뎅이는 어디로 날아갔을까? 미루나무는 샤샤~ 여름을 노래한다. 멀리 개울에서는 가재와 미꾸라지, 피라미가 놀고 있겠지? 더워서 바위 밑에서 쉬고 있을지도 모르겠다.

아침을 준비하는 자매들의 웃음소리, 아침밥 다 됐다며 부르는 소리에 옛 원두막에서 먹었던 참외의 달콤함을 그리워하며 복숭아 농원길을 걷는다.

원두막 2019 oil on canvas 53×40.9㎝

고향에서의 하루

어제 까치골 농원과 칠보산 부모님 모신 곳에서 찍은 60여 점 사진을 선정해 아들 폰으로 보냈더니 벌써 아이패드에 넣어놓았다. 어제의 하루가 옛날의 필름처럼 흐른다.

이틀 전 넷째 동생의 메시지가 왔다. "어제 가 보니 장택은 60% 정도 피었구요, 백도는 피려고 해요. 자두꽃은 이제 지고 있네요. 어서 모이는 날 잡으세요." 그리고 까치골 사진이 줄줄이 올라왔다.

한의원 치료를 받고 11시쯤 나와 보니 햇빛이 찬란했다. '그래, 그냥 가자.' 하고 아들에게 문자를 날렸다. "수원행! 할머니 묘소에 들렸다가 복숭아꽃 감상하고 이모들과 점심하고 올게. 아빠와 함께 점심 부탁!"

넷째에게 출발을 알렸다. "알았어. 둘째 언니 온다고 모두에게 연락할게." 한다. 화서역에 도착하니 언니와 넷째가 차를 대기시켜 놓고 기다리고 있었다. 모두들 다 모인단다. 감사! 소위 번개팅이다.

오랜만에 장어를 맛있게 먹고 까치골 농원으로 이동했다. 만발한 복숭아꽃들이 탄성을 올린다. 작년 생일에는 꽃이 거의 끝 무렵이었는데 올해는 생일이 일주일이나 지났는데도 만개다.

각자 하는 일이 다르다. 여섯째는 웅덩이에서 내려오는 물줄기 따라 싱싱하게 자란 미나리를 뜯고 언니는 달래를 캔다. 농원 주인인 넷째는 다섯째와 얘기하면서 산소에 갖고 갈 것을 챙긴다. 제부들은 꽃 사이를 서성인다.

나는 사진 찍기에 바쁘다. 복숭아꽃을 찍고 걷다가 멀리 앞산을 배경으

나물 캐는 자매들 2020 oil on canvas 33.4×21.2㎝

복숭아꽃 속의 막내여동생
2019 oil on canvas 45.5×45.5㎝

로 넣어 흰색 자두꽃을 찍는다. 노란 갓꽃을 주인공으로 삼아보기도 하고 농원 둑에 하얗게 핀 싸리나무꽃에 초점을 맞추기도 한다. 꽃과 향기와 햇볕…. 행복하다.

한 바퀴 돌고 오니 자매들은 아직도 나물 채취 중이다. "사진 찍자."하며 복숭아나무 주위로 모아들이고 다섯째 제부에게 핸드폰을 준다. 다섯자매 꽃이 찍히는 순간이다.

벌써 3시다. "엄마한테 갑시다." 출발! 변한 것이 없는 옛길. 허술한 문을 열고 산으로 올라간다. 산 벚꽃과 산 복숭아꽃이 반긴다. 눈 내리듯이 꽃잎이 떨어지고 있다. 흰 목련은 거의 져가고 자색 목련이 오므린 채 준비하고 있다. 참죽나무는 겨우 싹을 틔우고 있다.

산소 주위에는 노란 꽃다지와 반지꽃이 피어 있다. 참외와 큰 인절미를 놓고 맹물로 인사를 드리고 물을 봉분에 뿌려드린다.

나는 산으로 들어가 산 복숭아와 산 벚꽃을 찍는다. 멀리 언니가 묘소 주위의 쑥을 뽑고 있다. 부모님은 좋은 곳에 계신다. 우리도 행복하다. 이렇게 모일 곳이 있으니!

화서역에서 출발해 신도림에서 2호선으로 바꿔 타고 홍대역에서 경의선으로 갈아탄 후 남편과 아들에게 알렸다. 집에 도착하니 7시. 간단히 저녁을 하고 나니 아들이 아이패드로 옮길 사진들을 핸드폰으로 보내 달라고 한다.

아침에 일어나니 어제의 행복이 아이패드에 가득 담겨 있다. 어느 순간을 그림으로 남길 것인지 모르지만 아름다운 삶의 기억을 그림으로 풀어낼 수 있음이 감사하다.

※ 장택과 백도는 복숭아의 한 종류

등잔

코로나 전염병 사태로 성당에 갈 수 없는 요즈음 TV로 미사를 한다. 오늘은 춘천 어느 성당에서 김운희 주교님이 사제 세 분, 수녀님 네 분과 함께 미사를 드리셨다. 그런데 특별한 장면이 눈에 띈다. 촛불 대신 제대 양쪽에 놓인 등잔에 불이 밝혀있다. 그리고 성작도 나무그릇이고 등잔에 나무 받침이 받쳐있다. 처음 보는 일이다. 등잔, 등잔대…. 어렸을 때 너무 익숙한 이름이다.

어렸을 때 할머니 댁에는 전기는 물론 안 들어오고 초도 없었다. 등잔에 석유를 넣고 심지를 연결해 불을 밝혔다. 이것을 등잔대에 올려놓고 멀리 비치게 하였다. '등잔 밑이 어둡다.'는 말은 여기에서 생긴 속담인 듯싶다.

가끔 엄마는 자그마한 접시에 들기름을 붓고 식구 수대로 심지를 담궈 그릇 가장자리에 오게 하고 불을 밝히셨다. 그리고 이것을 뒤주 위에 올려 놓으시고 기도를 하셨다. 등잔불 밑에서 바느질 하시던 엄마 모습이 보인다.

시댁 영종 부엌 부뚜막에도 등잔이 놓여 있었다. 실제 한 번도 켜보지는 않았지만 영종 집이 수용되어 정리할 때 일산 집으로 등잔을 가져왔다. 아버님이 손수 만드신 등잔대와 함께. 등잔 옆에는 '불조심'이라는 삐뚤한 글씨가 쓰여 있다. 오랜만에 먼지를 닦고 바라본다.

검색을 해 본다. 등잔을 찾아보니 '호롱불'도 보인다. 호롱불이 기억에 흐

등잔 2020 oil on canvas 21.2×33.4㎝

른다. 언니가 여고를 졸업하고 집 창고에서 야학을 하던 시절이다. 동네 아이들에게 언니는 한글도 가르치고 글쓰기를 하게 하고 중학생인 나는 영어 기초 담당이었다.

한글을 모르는 어머니들에게는 ㄱ, ㄴ, ㄷ … ㅏ, ㅑ, ㅓ, ㅕ를 가르쳐 글자가 되는 연습을 시켰다. 그때 불을 밝혀준 것이 양쪽에 걸어놓은 호롱불이다. 심지를 잔뜩 올리고…, 그을음이 나던 기억이 그립다.

어떻게 그런 일을 했는지 지금 생각해도 신기하다. 그때 아이들이 쓴 글을 모아 『샘물』이라는 책도 만들었다. 수원 농과대학 농원에서 일하는 언니 남자 동창이 철필로 긁어서 옛날식으로 등사해서 만든 책이다. 오래 하지는 못했다. 언니가 고아원 보모로 일하러 갔기 때문이다.

제대 위의 양쪽 등잔불이 기억 속으로 흐른다. 이 기억에 푹 빠지는 방법은 한동안 등잔 그림을 그리는 일이다. 벌써 행복하다. 감사하다.

아기 수박

까치골 동생이
아기 수박 사진을 올렸다

착과 5일 된 수박입니다
귀엽죠?
보송보송한 무늬에 솜털까지 있고
아직 마른 꽃이 달려있다

어린 왕자가 장미 한 송이를 그리워하듯
자매들 마음이 향한다

어머나, 잘 크거라
아기 수박아!

짚으로 수박똬리를 해주어야 해요
그래야 상처입지 않고 예쁘게 잘 크거든요
바쁘다, 바뻐!

똬리~~

아기 수박 2019 oil on canvas 33.4×24.2㎝

머리에 똬리 얹고 물동이
왼손으로 잡고 오른손으로는
넘친 물 훔치며~~

언니도 해 봤어요? 물동이?

물동이는 아니고 똬리 위에
새참 담은 양은다라 이고
논에 가봤지요

이렇게 시작한 그리움은
앵두, 구레논틀, 황내논
창포, 우렁이, 미꾸라지로 퍼져나간다
드디어 까치골 동생의 마무리
아기 수박은
7월말에 엄마 수박이 될 예정
모두들 모여주세요~~

어린 왕자가 사막에서
장미에게로 돌아가듯
우리 모두 일상을 접고
엄마 수박에게 돌아갈 것이다.

그리운 얼굴

정겨운 목소리

향긋한 그리움

가야 할 고향이다.

시간과 장소

요사이 61년 전 여덟째 막내 남동생의 첫돌 가족사진을 그리고 있다. 추억의 사진 그림은 네 여동생들의 짧은 단발머리 모양 이야기로 시작되었는데 덕분에 고향집 그 시간, 그 공간으로의 여행을 계속하고 있다.

그리운 그 장소, 고향집에 들어선다. 앞마당을 지나서 대청마루를 바라본다. 대청마루에서 돌 사진을 찍느라 뒤뜰로 향하는 마루문에는 쇠고리가 걸려 닫혀있다.

15세로 돌아가 소녀의 눈으로 할머니를 뵙고 엄마 아빠를 바라본다. 사진 찍는다고 가장 예쁜 포즈를 취한 단발머리 여동생들. 여유롭게 비스듬히 앉아 있는 큰 남동생과 사촌들 그리고 주인공 돌맞이 작은 남동생.

사과와 풍성한 과일들, 큼직한 송편과 떡으로 가득 차려진 돌상 위에 수북이 놓여 첫돌을 축하하는 지폐들.

고향집, 그 장소의 지도가 그려지고…. 다시 그 시간 속으로 들어가고 싶다. 그러나 집은 없어졌고 낯선 큰 창고만이 덩그러니 놓여 있다.

김소연 시인은 시 '수학자의 아침'에서 말한다.

같은 장소에
　　다시 찾아왔지만
같은 시간에
　　다시 찾아가는 방법을

여덟째 동생의 돌 사진 2020 oil on canvas 45.5×33.4㎝

알지 못했다

시에서 수학자는 "같은 장소에는 갔지만 그때처럼 같은 시간에 찾아가는 방법을 알지 못했다."고 말한다. 그러나 나는 '같은 장소'에 갔지만 고향집이 없다. 그러니 '같은 장소를 같은 시간에 찾아가는 방법'을 모두 알지 못하게 되었다. 마음속에 기억으로, 추억으로, 그리움으로 남아 있을 뿐이다.

물리학자 김상욱 교수는 『뉴턴의 아틀리에』에서 위로의 말을 해준다.
"인간은 수학과 언어로 기술할 수 없는 것을 예술로 표현한다."
그래서 아픔으로, 그리움으로 옛 사진을 바라보고 스케치해 놓은 그림도 바라본다. 누군가가 촬영한 사진과 그림이라는 예술을 통해 같은 장소, 같은 시간은 아닐지라도 76세의 마음으로 그 장소, 그 시간으로 돌아가고 있다.
자연과학을 통해 바라보던 삶의 창 속에 노년에 시작한 그림이 자그마한 또 다른 문을 열어주고 있다. 작은 입자의 위치를 알려고 빛이 통과하는 순간 입자는 본래 있던 그 자리가 아닌 다른 곳에 존재한다고 한다. 이렇듯 불확실의 연속이더라도 그림이 삶의 일상이 되어가고 있음에 감사하다.

당신이 태어났을 땐 당신만이 울었고
모든 사람이 웃었습니다.
당신이 이 세상을 떠날 땐
당신만이 미소 짓고
당신 주위의 모든 사람들이 울도록
그런 인생을 사십시오.
_ 김수환 추기경

자매들의 카톡

어느 날인가 다섯째 딸자가 농장의 아기 오이 사진들을 올렸다. 코로나의 사회적 거리두기 때문에 '방, 콕!'하는 자매들을 위해 농장 소식을 실시간으로 전하고 있다.

채취한 야채들을 쭉 늘어놓고 "손님이 아무도 안 오네!" 하기도 하고 새로 키우는 거위 두 마리의 동영상을 올려 마치 자매들이 농장에 모여 실제로 바라보는 듯한 행복을 주기도 한다.

커다란 노란 꽃이 달려있는 아기 오이 사진을 바라본다. 오이 밑에 잡초 올라오지 말라고 흙을 덮은 까만 비닐에 비친 햇빛 무늬까지도 아름답다.

작은 3S 캔버스(27.3×27.3㎝)에 옮기며 동생의 고향 농장에 수시로 드나들 생각에 가슴이 설렌다. 완성된 '노란 꽃술 달린 아기 오이' 그림을 자매들 카톡에 올린다. 나의 말과 함께.

나: 오이 다 자라서 땄나요? 그림으로 농장에 간 행복~~~♡

딸자: 와~우~~. 그림의 주인공 오이님은 이미 어디론가!!

나: 씌운 까만 비닐이 우주가 되었네요!

딸자: 몇 호에 그리셨어요?

나: 작은 3S.

드디어 80세의 언니가 카톡에 등장하신다.

언니: 오이가 늘씬이는 없고 꼬부랑만 넣었어요. 큰 것 좀 넣지…. 타박은 잘하네.

나: 담자가 아기 오이 찍어 준대로 그렸어요. 검은 비닐 멋지지요?

언니: 비닐이 받쳐주네요.

담자: 큰 언니는 예술적 가치를 잘 모르시네요~~. 쪽쪽 뻗은 오이였다면 그것은 그냥 오이였을 뿐, 예술적 가치는 없을 거예요~.

하! '예술적 가치'라는 말까지 넣어가며 자기가 찍어 보낸 사진이 그림이 된 것에 대한 기쁨을 보여주고 있다.

언니: 그러나 한 개 쯤은 늘씬한 희망적인 오이가 끼어야 즐겁지 않을까….

담자: 애기였을 때라 그렇지 커서는 쭉쭉 뻗었어요. 있는 그대로 보아주세요.

나: 하여간 담자 덕분에 농장에 간 기분을 느끼며 그려서 행복했어요~.♡

세 자매의 대화는 이렇게 끝이 났다. 언니의 생일인 6월 26일에는 자매들이 모일 수 있기를 바라며 '아기 오이' 그림을 바라본다.

아기 오이 2020 oil on canvas 22×22㎝

코뚜레

우리 아파트 현관에 들어오면 제일 먼저 반기는 것이 있다. 26년 전 일산으로 이사 올 때 엄마가 "개봉동도 먼데 더 멀리 일산으로 이사 가는구나…" 하시며 건네주신 코뚜레이다.

엄마가 나뭇가지를 구부리고 댕댕이덩굴로 고정시켜 만들어 주신 코뚜레.

이사가 잘 살기를 바라는 마음으로 낫을 들고 다리도 불편하신데 칠보산에 오르시는 모습이 눈에 선하다. "이제 보러가기 힘들겠네." 말씀하시며 건네주신 엄마의 코뚜레가 그동안 우리 집을 지키고 있었던 것이다.

어느 날 일산시장 오일장에 갔다. 옛날 물건을 잔뜩 싣고 파는 트럭이 있었다. 쌀겨 걸러내는 키, 나무도마, 대나무와 박으로 만든 바구니, 지게 등 시골에서 함께 지낸 정겨운 생활용품들이었다. 그런데 우리 집 것보다 크고 굵은 나뭇가지로 만든 튼튼한 코뚜레가 눈에 띈다. 둥근 코뚜레 아래에는 놋쇠로 만든 워낭까지 달려 있었다. 고향 집 황소가 한 걸음 한 걸음 걸을 때마다 울리던 워낭소리가 달그랑달그랑 들리는 듯했다. "코뚜레는 있으니까 워낭을 하나 사자."하며 흔들어보니 소리가 좋았다. 누런 놋쇠를 두드려 워낭을 만들고 있는 대장간 아저씨의 모습마저 보이는 듯했다.

문득 좋은 생각이 떠올랐다. 화실 샘의 새로운 작업실에 걸라고 사다 드리면 좋을 것 같았다. 엄마가 나에게 새로운 집에서 잘 살라고 주셨듯이 새 작업실에서 그림 잘 그리시라고 걸어놓으면 좋은 선물이 될 것 같아 워낭

코뚜레 속의 예수님 2020 oil on canvas 27.3×53㎝

달린 코뚜레를 사서 드렸다.

어느 날 화실에 가니 그 코뚜레와 워낭이 새로운 모습으로 벽에 걸려 있다. 화실 샘이 폐 콘크리트를 둥글게 깎고 색을 칠해 만든 동굴이 코뚜레 가운데에 있고 그 동굴 속에는 예수님이 계셨다. 힘겨운 수난시간을 거치시고 부활하시어 두 팔을 활짝 벌리신 모습의 예수님이셨다.

무어라고 설명할 수 없는 특별한 느낌으로 다가왔다. 코뚜레에 담긴 민속신앙과 부활의 가톨릭신앙이 함께 어우러져 있는 모습! 사진을 찍어둔다.

2년이 지난 오늘 아침, 엄마의 코뚜레와 예수님의 코뚜레를 그려볼 마음을 품는다. 엄마가 만들어 주신 코뚜레를 사진 찍는다. 그리고 지우지 않고 핸드폰 사진첩에 간직해둔 예수님이 계신 코뚜레와 워낭 사진을 찾아 아이패드에 저장한다.

코뚜레와 워낭 그리고 예수님. 지나간 세월과 현재의 삶이 어우러진다. 이렇게 오늘도 그림이 삶이 된다.

※ 코뚜레는 악귀의 침범을 막거나 집안에 들어오는 복과 부를 붙잡아주는 용도로 대문이나 집안에 걸어두었다. 주로 노간주나무로 만들었는데 느릅나무나 향나무를 이용하기도 했다. 소의 코를 꿰는 코뚜레는 동물을 학대하는 도구가 아니라 사람과 소가 하나로 연결되는 '인연의 끈'이었다.

그림, 사랑이 되다

그림방 정리

•••

2010년 8월 퇴직을 하고 마련한 그림방, 만 9년이 되었다. 말이 그림방이지 다목적이다. 독서 모임도 하고 제자들이나 지인들이 오면 만남의 장소가 된다. 자매들이 오면 수다 떨며 자는 장소이기도 하다. 평소에는 그림도 그리고 음악 듣고 책도 읽는 나만의 아지트이다. 혼자만의 시간을 갖는 오두막이랄까.

선풍기를 틀어놓고 '마르타 아르게리히'의 피아노 연주를 들으며 연구실에서 가져온 물건들을 정리한다. 학교 식당에 들고 다니던 작은 가방에 동전이 가득하다. 만원 1장, 오만원권 1장, 천원 1장도 있다. 상자가 눈에 띈다. 스승의 날에, 퇴직 때 학생들이 쓴 편지가 가득하다. 사진도 있다. 버릴까 말까 머뭇거린다. 9년 전에도 그대로 들고 왔듯이 이번에도 정리하지 못한다.

돌아보니 그림에 관련된 책, 독서 모임에서 읽은 책들, 영성서적들 그리고 과학과 종교에 연관된 서적, 다양한 책들을 읽었구나! 감사한 시간들이었다. 이 귀중한 것들을 어떻게 선별해 버릴 수 있을까. 엄두가 안 났다.

주보 소식란에 실린 '카프카 성모병원 환자를 위한 도서 기부' 광고가 생각났다. 그렇구나. 보낼 곳이 있구나! 즐거이 책꽂이에서 뽑아 쌓아놓고 누군가 내가 읽고 행복했듯이 행복해할 생각을 하니 땀이 흐르는 것도 기분 좋았다.

사람은 버릴 것을 만들며 살고 있는 것 같다. 그림 그리는 과정에서 또는 사는 동안 중요하게 생각되었던 것을 이제는 과감하게 버려야 할 때이고 또 버려야 한다. 지금 정리하지 못하고 남겨 두면 어느 때인가 다시 버려야 하거나 미처 버리지 못하고 떠나면 누군가가 나를 대신해 버릴 것이다.

그래도 차마 버리지 못한 것들이 있다. 여행 가서 활짝 웃고 있는 우리 부부 사진이다. 아들에게는 엄마 아빠의 추억이 깃든 사진이다. 마치 사진을 버리면 나의 기억 속에서 지워질까봐 두려운 것일까? 그리고 이제 다 큰 어른이 된 아들들의 어릴 적 사진도 다시 넣어둔다.

물감과 붓 정리를 한다. 뚜껑 옆으로 액체가 나오거나 조금 남은 물감은 재활용 봉투에 넣고 붓은 새 붓만 챙긴다. 못 버리고 학교에서 가져온 자료들도 살펴본다. 독일 가곡을 번역했던 것, 책을 읽으며 기록했던 좋은 말들, 피정 자료들, 학교에 근무하며 발표했던 논문 파일, 퇴직할 때 받은 표창장과 메달도 있다.

하느님 나라에 갈 때 아무 소용없다는 것을 알면서도 슬쩍 도로 챙긴다. 한번 훑어보고 버리면 되지 하면서. 나는 아직 젊은가 보다.

●●●

그림방이 휑하다. 의자들, 컴퓨터, 작은 상들, 액자 등이 다 나갔다. 이제 그림들, CD, LP오디오 등이 남았다. 아직 그릇 정리는 못했다.

영종 그릇, 결혼 할 때 언니가 해준 행남자기, 큰 접시들이 여기 다 있었다. 멀쩡하고 추억이 담긴 그릇을 버리려니 '이 또한 삶의 과정이 아니겠는가?' 하며 나를 위로한다. 우리는 왜 이렇게 없어도 되는 물건들 속에 살고 있을까? 가볍게 훌훌 자유롭게 살자!

먼저 플라스틱 그릇, 양은 그릇들, 유리병, 스테인리스강 수저 및 냄비를 가지고 나가 재활용통에 분류해 넣고 들어와 그림이 겹겹이 놓인 기도방을 바라본다. 10여 년의 흔적들이 이 곳에 모여 있다. 많은 그림들이 제자리를 찾아갔건만 그래도 나를 떠나지 않은 흔적들이다.

그림 위에 놓여있는 14처의 그림들을 따로 모아놓고 흰 석고 십자가를 싸서 스튜디오로 옮길 참죽나무 테이블 위에 올려놓았다. 기도상 위에 놓여있는 묵주, 샘이 만든 자작나무 십자가 작품, 초, 물고기 상 등을 챙긴다. 넷째가 만든 한지등도 가져가야지.

조광호 신부님의 유리화 작품에 불을 밝혀본다. 그래도 갖고 가기에는 너무 큰 작품, 끌어내어 뒤를 본다. 다행히 작품만 따로 뗄 수 있게 되어 있다. 샘의 솜씨로 작게 다시 만들 수 있을 것 같다.

앉은뱅이 저울과 정밀 저울도 꺼내놓는다. 지금은 아무도 사용하지 않는 저울. 나의 화학의 길과 함께 한 귀한 것인데, 어떻게 할까? 선택이 기다리고 있다.

그림은 책『그리움, 그림이 되다』2권과 관련된 것을 따로 정리한다. 출판기념회 때 전시할 그림들이다. 그리고 1권에 나온 몇 작품도 함께 모은다. 스튜디오로 옮길 것이다. 샘의 그림은 집으로 가져갈 것이다. 성화도 따로 모아놓고 나머지 그림도 한 곳에 모아둔다.

9년의 그림방에 모인 것들을 정리한다. 남다른 단계를 준비하기 위한 나의 하루하루이다. 살아가면서 버릴 것은 최소화하면서 살아가자. 가볍고 자유롭고 깊게 그리고 기쁨과 희망을 갖고 사랑하면서 살자!

●●●

이 작은 공간 어디에 이렇게 많은 물건이 숨겨져 있었을까? 제자리에 놓였을 때는 없는 듯 있다가 하나하나 끄집어내니 모두들 한자리 차지하려고 한다. 우리의 마음도 이와 같지 않을까? 모두가 정리되고 안정되었을 때는 조용하다. 그러나 무언가 뒤틀려 흩어지기 시작하면 각자 목소리를 내며 시끄러워지고 균형이 깨진다.

집에 있는 기존의 물건 사이에 놓아 자리를 잡아 주어야 한다. 자리를 잡고 서로 친숙해져 함께 하기에는 또 시간이 걸릴 것이다. 시간이 가도 서로 어긋나고 제자리가 아닌 물건은 다시 뽑아내어 어디론가 보내야 한다.

선택에 선택을 하고 또 나중에는 그대로 놓아두다 이별을 하겠지. '가볍게 하자.'하며 또 끌어안고 있는 것이다.

말씀사탕

오늘이 첫 주일이어서 그런지 성당 들어가기 전 말씀사탕 바구니가 있었다. 내가 좋아하는 노란색을 하나 뽑고 신부님 말씀이 생각나 남편 것도 하나 더 뽑았다.

얼마 전 미사 끝나고 나오는데 주임 신부님이 그날 말씀사탕 내용을 물으시며 "형제님 것도 하나 더 뽑으시지요." 하신다. 몸이 불편해 미사에 나오지 못하는 남편을 배려하신 것이다. 그래서 오늘은 미리 하나 더 뽑았다. 성당에 앉아서 펼쳐본다. 내 것은 다음과 같은 내용이다.

"여러분의 말은 언제나 정답고 또 소금으로 맛을 낸 것 같아야 합니다."(콜로 4,6)

그렇지 않아도 어제 잠깐 화실에 들러 왜 그랬는지 들떠서 별 필요 없는 말까지 한 것이 영 마음에 걸렸는데 적절한 말씀을 주시었다. '정답고 소금으로 맛을 낸 것 같게' 말을 해야 한다고 하신다.

마음을 다잡아 본다. 상대방을 고려하여 꼭 필요한 말을 조용하고 차분하게 맛깔스럽게 하도록 노력해 보자. 언제 무너질까 살짝 걱정이 되면서도 "예쁘게 봐 주세요."하며 오늘 예수님과 함께 할 제대를 바라본다.

남편의 말씀사탕 구절은 바오로 사도의 말씀이다.

"깨어 있으십시오. 믿음 안에 굳게 서 있으십시오."(코린1 16,13)

수술 후 몸이 덜 회복된 탓인지 기운이 없고 어지러운 남편에게 꼭 맞는 말씀이다. 미사에 함께 할 수 없을지라도 믿음을 잃지 말고 꿋꿋하게 살아가라는 말씀이다.

오늘도 말씀사탕이라는 귀여운 방법으로 주신 꼭 맞는 말씀이다. 나 젬마, 남편 아오스딩에게 힘을 주소서!

특별한 미사

평화방송에서 아침 미사 전 10여분의 짧은 프로그램인 '하느님의 성사'가 방송된다. 오늘은 의정부 교구 최민호 마르코 신부님께서 산티아고 순례길에서 체험하신 '잊지 못할 미사' 이야기를 들려주신다.

1700m 고지의 허름한 창고, 그 구석에 놓여있던 아기 예수님을 모셔놓고 드린 아름다운 미사 그리고 어느 오지 마을에 도착해 마을 할머니께 미사드릴 곳이 있냐고 물었더니 옛날 경당이었던 곳을 사용하라고 하셨단다. 그리고 할머니가 "우리 동네에 신부님이 왔어요. 오늘 6시에 미사가 있어요." 라고 외치며 종을 울리고 돌아다니신 덕분에 동네 주민과 순례자들이 모여 함께 미사를 드리셨다고 한다.

그리고 마침내 산티아고 성당에 도착했을 때 성당 광장에서 드린 기적 같은 미사 이야기도 하신다. 미사 장소를 미리 예약했었는데 공사 중이라 답변을 들을 수 없었다고 한다. 그런데 산티아고 순례길을 신부님과 함께 한 순례자들이 소중한 일용품을 담아 짊어지고 다녔던 보물 같은 자신들의 배낭을 광장에 차곡차곡 쌓아 제단을 만들었다고 한다. 신부님은 그 배낭 제단 위에 성체를 모시고 잊지 못할 미사를 드리셨다는 말씀으로 신부님이 체험하신 하느님의 은총 이야기를 마무리하신다.

40일간 성모님과 함께 한 산티아고 순례, 배낭의 반을 차지하는 묵직한 미사도구. 그 소중한 배낭을 품에 안고 걸으면서 하루의 순례가 끝나는 저녁이면 매일매일 미사를 드리셨다는 신부님. 그리고 성당 밖 광장에서 배낭을 쌓아 제단을 만들어 하느님에게 감사를 드린 순례자들.

신부님이 체험하신 '감동의 미사' 덕분에 오늘 평화방송 아침미사는 나에게도 감동의 눈물로 드리는 미사가 되었다.

주님,
당신의 사제로서
저는 온 땅덩이를 제단으로 삼고
그 위에 세상의 온갖 노동과 수고를
당신께 봉헌하겠습니다.

_「세계 위에서 드리는 미사」, 테야르 드 샤르댕 지음, 김진태 옮김.

순례자들의 미사 2020 oil on canvas 45.5×37.9㎝

애타도저

새벽에 잠이 깬다. 묵주기도 고통의 신비 두 단을 하고 책상에 앉는다. 핸드폰을 보니 대부분이 그림과 사진인데 글씨가 빼곡히 쓰인 것을 찍은 것이 있다.

애타도저(愛他到底). 어느 때인가 박병주 본당 신부님이 붓글씨를 쓰셔서 성당 복도에 걸어 놓으신 것이 좋아서 찍어 놓은 것이다.

애타도저(愛他到底)

사랑할 애(愛) 남 타(他) 이를 도(到) 바닥 저(底)
"끝까지 사랑하셨다."(요한 13,1)

"끝까지" : τέλος(telos: 목적한 곳의 끝), 바닥 끝(底)

예수님은 삶의 끝을 향하고 있습니다.
제자들과 마지막 만찬을 하고 제자들의 발을 씻어 주십니다.
당신이 할 수 있는 곳의 끝까지, 당신의 마음 바닥끝까지
당신에게 맡겨진 제자들을 사랑하십니다.

"당신을 사랑하는 사람이 이 세상에 백 명이 있다면

발을 씻어주심 2020 oil on canvas 36×30㎝

그 중 한 사람은 바로 나입니다.

당신을 사랑하는 사람이 이 세상에서 열 명이 있다면

그 중에 한 사람은 바로 나입니다.

당신을 사랑하는 사람이 이 세상에서 두 명만 있다면

그 중에 한 사람은 바로 나입니다.

당신을 사랑하는 사람이 이 세상에서 단 한 명이 있다면

그 사람은 바로 예수님입니다."

"이 세상에서 사랑하신 당신의 사람들을 끝까지 사랑하셨다."(요한 13,1)

_降雨 박병주 신부

'마지막 만찬과 발을 씻어주심' 그래, 발을 씻어주심을 그려보자. 마음이 바빠진다. 어린이 성경을 펼쳐보아 그 장면을 찾고 아이패드로 검색도 해 본다. 요즘은 하나하나 스케치 하고 어느 정도 느낌만 살리고 있다. 이렇게 자꾸 그릴 것을 생각나게 해 주시니 하루하루가 행복하다. 오늘은 나의 발을 예수님께 맡기고 사랑을 흠뻑 받고 싶다.

어느덧 오후 5시, 스케치 하고 보니 여러 그림을 참고해서 그런지 좀 어색하다. 책도, 아이패드도 다 접고 스케치한 그림을 마주 바라본다. 예수님과 제자의 시선을 맞추어 본다. 느낌이 많이 살아난다. 제자의 옷을 바꾸고 머리를 좀 숙이게 그리고 보니 여자 같다. 아! 예수님이 나의 발을 씻어주신다고 생각하며 그리면 되지~~~!

마지막 문장이 마음에 와 닿는다.

"당신을 사랑하는 사람이 이 세상에 단 한 명이 있다면 그 사람은 바로 예수님이 십니다."

그래, 예수님은 끝까지 나를 사랑하셔서 나의 발을 씻어주신다. 아멘!

평신도 주일 강론을 맡으며

어제 점심 후 화실에서 그림을 그리고 있는데 전화벨이 울렸다. 본당 신부님이시다. "아니 신부님 어쩐 일이세요?" 뜻밖의 전화에 목소리 톤이 올라간다. "부탁할 일이 있는데 꼭 들어주셔야 해요."라고 시작하신다. 이번 일요일이 평신도 주일인데 새벽미사에 강론을 하라고 하신다. "네??" "네!!"

전화를 끊고 곰곰이 생각해 본다. 학생들에게 강의하는 것과는 다르지. 그것도 10여 년을 훨씬 넘는 얘기고…. 그리고 이제는 귀가 멍하고 머리는 띵하고 눈도 침침하고. 노년에 올 수 있는 불편함은 다 갖고 있는 줄을 신부님이 모르셔서 그렇지. 온갖 핑계가 머릿속을 맴돈다.

여전히 빠져 나갈 길이 있을까 생각하며 오늘 새벽미사에 갔는데 보좌신부님이 집전하신다. 그대로 받아들이라는 징표인가? 주어진 일로 받아들이지 않고 요리조리 빼려고 하는 내 자신이 보인다. "힘을 주시겠지! 누구에게 잘 보이려고 하지 말고 그대로 나를 보여주고 누구에겐가 조금이라도 도움이 되면 좋고!" 수많은 생각이 정리되어 간다.

그래, 교회 평신도의 한 지체로서 나의 작은 역할을 나누자(로마서 12,4). 귀가 불편하고 머리가 띵하여 외적 인간은 낡았지만 내적 인간을 새롭게 하자(고린토2 4,16). 질그릇 같은 나에게 담아주신 보화를 나누어(고린토2 4,7) 하느님께 바치는 그리스도의 향기가 되도록 살자(고린토2 2,15). 이렇게 평신도 주일 새벽미사 강론의 서곡이 시작된다.

아침 기도 후 평신도 강론에서 무슨 말을 할까 생각하며 적어본다. 개봉
동 성당 다닐 적에 노인대학에서 '자연과학과 신앙'에 대해 강의할 때 미리
적어보기도 하고 1984년 미국에서 안식년을 마칠 무렵 실험 결과를 발표
하기 위하여 인사말까지 영어로 써서 연습하던 생각이 난다. 미리 말할 것
을 기록해 둔다고 그대로 하는 것은 아니지만 정리가 될 것 같아 적어 보았
다.

저는 권영순 젬마입니다. 오랫동안 학생들에게 화학을 가르치다가 10여
년 전 퇴직하고 지금은 화학 실험실 대신에 화실이 저의 놀이터가 되어 화
우들과 그림을 그리며 지냅니다. 화학과 그림, 전혀 다른 세계 같죠? 그렇
게 다른 단계를 살게 하시는 뜻이 있으리라고 생각하고 열심히 지내고 있
습니다.

오랫동안 화학 공부를 하면서 몸에 배인 습관은 저에게 주어진 일에 충
실하고 몰입하는 것입니다. 우리 모두는 각자에게 주어진 서로 다른 일들
을 통해 삶을 살아가며 이웃을 사랑하고 하느님께 나아가는 여정을 배운다
고 생각합니다.

며칠 전 오랫동안 알고 지내던 수녀님을 뵙게 되었습니다. 이제 우리 둘
다 70대 후반을 넘어 80을 향하여 가는 나이입니다. 일산역으로 가기 위해
건널목을 건너면서 자연히 손을 붙들고 서로 의지하며 걸었습니다. 그런데
수녀님 손이 제 손에 폭 들어오는 것이었습니다. 아주 작았습니다. "수녀님
손이 작으시네요." 하니 어렸을 때 손뼈를 다치셨는데 자라지 않아 그렇다
고 하십니다. 처음 듣는 얘기입니다. 성체를 모실 때 오른손 위에 왼손을 올
려놓기가 힘이 든 것을 비롯해 여러 가지 어려움을 겪으신 것입니다. 이런

불편함을 가지시고 그렇게 많은 일을 해내셨습니다.

그날의 만남은 큰 깨우침으로 다가왔습니다. 우리가 갖고 있는 부족함은 핑계가 될 수 없고 그것을 뛰어넘어 우리에게 주어진 사명, 해야 할 일을 하며 묵묵히 주님께로 향하는 것임을!

사실은 신부님께서 평신도 주일 새벽미사 강론을 부탁하셨을 때 순명하는 마음으로 응했는데 그 후 '할 수 없는 수많은 핑계'를 대며 피해가려고 머리를 굴렸습니다. "신부님, 귀가 멍하고 울려서 크게 이야기하면 집중이 안돼요." "조금만 신경 쓰면 머리까지 띵해져요." "눈이 침침하고요." "다리도 아파요."

올해 2월 독감 이후 생긴 노인성 증상들입니다. 그래, 우리 할머니 어머니도 그러셨지. 그때는 무심히 지냈던 일들, 으레 그런가 보다 하고 마음 쓰지 않던 일들이 나에게 온 것이지요. 한편 이런 증상들이 나의 삶을 돌아보고 더 늦기 전에 해야 할 일들을 생각하게 합니다. 생각만 하지 말고 행동에 옮기려 합니다. 하나하나 실천하고 있습니다. 이제 매사가 감사하고 또 감사드리며 하루를 시작하고 마무리합니다.

어쩌면 신부님을 통하여 나의 삶을 나누는 이 기회를 주신 것입니다. 얼마 전 『그리움, 그림이 되다』라는 제목으로 그림을 그리면서 기억되는 일들을 그림과 함께 글로 풀어낸 책을 아들이 만들어 주었습니다.

이 책의 시작은 최대환 신부님이셨습니다. 순교자 성월에 제대 앞에 놓였던 그림, 그리고 밧줄 십자가에 대한 그림일기를 부탁하셔서 쓰고 난 후 그림이 이야기가 되고 이야기가 그림이 되었습니다.

나의 개인적인 기억과 사랑이 누군가에게 도움이 될 수 있을까 생각도 들었지만 제일 먼저 제가 행복했습니다. 그리면서 그리워했고 글을 쓰며 사랑했습니다. 울기도 했습니다. 함께 자라고 같은 기억을 공유한 형제자매들의 울림도, 응원도 힘이 되고 사랑이 되었습니다.

지금도 일상을 살며 작은 그림을 그립니다. 그리고 나누는 행복을 주십니다. 우리 각자에게 주어진 다른 길을 가는 것 같지만 우리는 하느님께 향하는 큰 길에 합류하는 공동체입니다. 그 안에서 자그마한 자기 소임을 살아내는 지체들입니다. 주님의 보살핌 안에서 행복한 사람들입니다.

추기경님의 '우산'이란 시를 읽어드리며 마무리 하겠습니다.

<우산>

김수환 추기경

삶이란 우산을 펼쳤다 접었다 하는 일이요
죽음이란 우산을 더 이상 펼치지 않는 일이다

성공이란 우산을 많이 소유하는 일이요
행복이란 우산을 많이 빌려주는 일이고
불행이란 아무도 우산을 빌려주지 않는 일이다

사랑이란 한쪽 어깨가 젖는데도
하나의 우산을 둘이 함께 쓰는 것이요
이별이란 하나의 우산 속에서 빠져나와
각자의 우산을 펼치는 일이다

연인이란 비 오는 날 우산 속 얼굴이

가장 아름다운 사람이요

부부란 비 오는 날 정류장에서

우산을 들고 기다리는 모습이

가장 아름다운 사람이다

비를 맞으며 혼자 걸어갈 줄 알면

인생의 멋을 아는 사람이요

비를 맞으며 혼자 걸어가는 사람에게

우산을 내밀 줄 알면

인생의 의미를 아는 사람이다

세상을 아름답게 만드는 건 비요

사람을 아름답게

만드는 건 우산이다

한 사람이 또 한 사람의

우산이 되어 줄 때

한 사람은 또 한 사람의 마른 가슴에

단비가 된다

새벽 4시쯤 깨었다. 어제 잠깐 메모한 것을 살펴본다.

"나의 마음을 격려하시고 나의 힘을 북돋우시어 온갖 좋은 일과 좋은 말을 하게 해 주시기를 빕니다."(데살로니카2 2,17)

바오로 서간의 '여러분'을 '나'로 바꾸어서 써 놓은 것이다. 시작 기도이다. 메모를 훑어보다가 '그래, 내 책을 들고 나가서 그 중의 어떤 부분을 읽으며 함께 나누자' 하는 생각이 들었다. 1권과 2권을 뒤적거린다. 2권의 '흙담' 뒷부분과 '나는 이제 손이 없다'의 부분을 함께 읽고 나누면 좋을 것 같아 표기한다. 그리고 메모지에 말할 몇 포인트를 기록한다.

평소 새벽미사에 앉는 자리에 앉는다. 벨라뎃다는 오르간 앞에 앉아있다. 미사 전 신부님이 오셔서 앞자리로 옮기라고 하신다. 처음으로 봉사자들 뒤 세 번째 좌석에 앉는다. 복음 낭독이 끝나고 내 일생 처음으로 강론대 마이크 앞에 섰다. 메모지를 끼운 2권 책을 들고.

바오로 사도의 말씀으로 시작한다. 그 다음부터는 메모는 보이지 않고 나의 삶의 이야기를 이어간다. 『그리움, 그림이 되다』 출판 과정을, 밧줄 십자가와 최 신부님의 이야기가 적힌 부분을 펴들고 읽는다. 익숙한 자매 얼굴만이 보인다. 어떻게 풀어나갔는지 기억조차 없다. 추기경님의 시 '우산'으로 마무리하고 내려온다. 끝났구나!

미사 후 몇 자매가 책에 대해 묻는다. 다음 주 새벽미사 후 주겠다고 하고 벨라뎃다와 천천히 걷는다. 벨라뎃다가 말한다.

"11시 미사에서도 하셨으면 좋겠어요."

이렇게 나의 시간이 한 점을 찍고 흘러간다.

어린 왕자

지난 수요일 독서 모임이 있었다. 이번 달 주제는 생텍쥐페리의 『인간의 대지』였다. 비행 조종사인 작가가 비행하며 사막에 불시착하기도 하고 동료들에 대한 이야기도 풀어낸 감동적인 세계에 대한 나눔이 끝이 없었다.

저자의 『어린 왕자』 얘기로 넘어가다 보니 70년대 성심여자대학 이야기로 흘러간다. 왜냐하면 그 당시 항상 『어린 왕자』 불어판을 끼고 다니는 '보나'가 있었기 때문이다. 이름은 김한정인데 우리 모두는 그냥 본명(세례명)인 '보나'라고 불렀다. 결국 그 친구는 불란서로 유학을 떠났다.

나는 그 친구에 대한 특별한 기억이 있다. 71년 처음 화학과 연구조교로 춘천 성심에 갔을 때 보나는 국문과 조교였다. 그래서 자주 어울리기는 했지만 개인적으로 친하다고는 할 수 없었다. 나에게는 6년간의 서강 공부벌레를 마치고 성심에서 처음으로 깨어나는 시기였다. 어느 날 조교들 모임에서 보나가 그림을 한 장씩 그려주기 시작했다. 어린 왕자가 처음 만난 비행사에게 "양 한 마리 그려줘."하며 만남이 시작되었듯이.

나에게 준 그림이 정확히 기억나진 않지만 그 느낌은 깊게 남아 있다. 꽃나무 한 그루가 그려져 있다. 잎 있고 꽃이 제법 예쁘게 피어있다. 그런데 뿌리가 약해 땅속 깊이 자리 잡지 못한 나무였다.

나는 나를 들킨 것 같은 마음으로 자세히 들여다본다. 나를 꿰뚫어본 그림이라는 생각이 들었다. 그래, 이제는 나의 중심으로 들어가 뿌리를 튼튼하게 세워야 한다. 화학이라는 학문뿐 아니라 그동안 못 읽은 문학작품, 신앙서적, 그리고 인간관계도 폭넓고 깊게 해야 한다는 생각이 들게 한 그림이었다.

보나의 특별한 면을 서로 나누다 보니 다음 달의 책은 『어린 왕자』로 결정했다. 누군가 말했다.

"좋은 작품이란 더 없이 친숙하게 여겨지면서도 늘 그 의미가 새롭게 우리에게 다가오는 작품이다."

『어린 왕자』를 두고 한 말인듯 싶다. 오랫동안 다양하고 깊이 있는 어려운 책을 읽고 함께 나누는 독서 모임 회원들에게 감사를 전한다.

서강 언덕을 걸으며

호주에서 화학과 대학동기 친구가 왔다. 몇 년에 한 번씩 오곤 하는 서옥자. 이제는 힘들어 못 오나보다 했는데 용케도 왔다. 서강역에서 만나 서로 "예전과 똑같네!" 하며 반가워한다. 손을 잡고 천천히 학교 쪽으로 걸어간다.

서강 언덕을 오른다. 느리게. 과거의 시간을 걷는다. "뛰어다녔지!" 하며. 멀리 본관이 있고 옆에 사제관이 보인다. 그 유명한 굴뚝은 추억 속으로 사라졌다. 사제관과 본관 사잇길을 걷는다. 본관 층계도 올라가 본다. 복도에 일렬로 작은 책상과 의자가 놓여있는 이 공간이 우리의 도서관이었다.

왼쪽 노고산으로 발길을 옮긴다. 숲 속의 향기가 우리를 감싼다. 친구가 말한다. "나는 졸업 못하는 줄 알았어. 성적이 달랑달랑해서….." 실험이나 수업이 끝나자마자 아르바이트하러 뛰어가곤 하던 친구의 모습이 떠오른다.

실험 후 한가롭게 떠들지도 못했고 C관 식당에서 음식 몇 개 시켜놓고 나누어 먹는 즐거움도 함께 하지 못했다. "그렇게 돈 벌어서 등록금 내곤 했었지. 너희 집은 쌀 걱정 안했지?" 한다. 학교 앞 우리 자취집에 가면 시골에서 올라온 쌀자루가 부러웠다고 한다. 처음 듣는 얘기다. 나는 서울에 사는 다른 친구 집에 가면 주눅이 들었었는데. 이렇게 노고산에 앉아 반세기를 거슬러 오른다.

졸업 전 어느 날 오준석 과장 선생님이 우리에게 말씀하신다. "결핵 협

회에서 일할 사람?" 우리 여학생 6명 중 명숙이와 혜련이는 결혼이 예정되어 있었고 수자와 나는 대학원, 미순이는 미국으로, 그래서 옥자가 가게 되었다. 거기에서 지금의 남편을 만나고 아들 둘 낳고 호주로 취업 이민을 가 지금에 이르렀다.

옥자가 말한다. "이제 한국에 오는 것도 마지막인 것 같아. 이번 여행은 힘이 드네…." 우리는 더 이상 만나지 못할지도 모른다. 옥자가 기침을 한다. 감기란다. 도서관 앞을 지나 곤자가 프라자 찻집에서 뜨거운 차 한 잔으로 몸과 마음을 달랜다.

나와서 다시 걷는다. "과학관이 어디지?" 많은 건물 가운데 '리치관'이라는 가장 낮은 건물이 눈에 익숙하다. 그래 여기다! 컨테이너 실험실에서 혼자 우뚝 서 있는 이 건물로 이사 올 때 얼마나 신났던지…. 그 근처에 치솟은 새로운 건물이 새 '리치 과학관'이다. 들어가 봐도 아무도 반기는 사람이 없을 것이다. 지나친다. 빽빽한 새로운 건물들을 지나 서강 언덕을 내려온다. 친구와 손을 잡고 서로 의지하며.

또 다시 내일 만날 것처럼 헤어진다. 50여 년의 하루가 흐른다.

루멘북스 전시 일기

●●●

"눈으로 본 적이 없고 귀로 들은 적이 없으며 아무도 상상조차 하지 못한 일을

하느님께서는 당신을 사랑하는 사람들을 위하여 마련해주셨습니다."(고린토 12.9)

5월 30일 남편이 방광암 수술을 하고 명동성당 1898 전시(6월 19일 예정)를 취소한 후 3개월이 지났다. 남편은 의사의 BCG치료 권유를 마다하고 집에서 조용히 지냈다.

요한이는 스튜디오를 계약하고 내부 공사와 집기 준비하는 동안 나는 퇴직 후 9년 동안 정 들었던 그림방 '덕부네'를 조금씩 정리하였다.

스튜디오를 처음 개방하는 오늘 『그리움, 그림이 되다』 2권이 출간되어 전시와 책을 선보인다. 무엇보다 중요한 것은 나의 책과 전시 시작이 아니라 아들의 루멘북스가 시작하는 날이라는 것이다.

●●●

어제 일들이 꿈처럼 흘러간다. 빛의 조각들이 몰려들다 흩어지고 누군가에게 스며들어간다. 화실 식구들과 처음 스튜디오에 들어섰을 때의 그 따스함과 온화함과 편안함! '예비 며느리와 그의 남자 친구이며 나의 큰아들'이 반갑게 맞이한다. 감사함의 '덩어리'이다.

두 젊은이의 배치가 놀라울 다름이다. 작은 블루투스 스피커에서는 모차

르트의 교향곡이 흐른다. 90세이신 윤 여사님의 감탄이 우리를 행복하게 한다. "나도 여기에서 전시하고 싶다." 하신다. 둘러보고 담소가 이어진다. 『그리움, 그림이 되다』 속지에 '2019' 사인을 하고 책을 나눈다.

벨라뎃다가 빵을 가득 들고 들어선다. 성당 오가는 길에 겉모습은 보았지만 스튜디오 안은 처음이란다. 풍산역으로 자매들과 제부 마중을 간다.

언니의 송편을 펼쳐놓고 앉는다. 차와 함께. 넷째 제부는 스튜디오를 돌아본다. 이렇게 세 자매의 오후의 만남이 이루어진다. 스튜디오와 그림과 책 덕분에!

부동산 안드레아와 수산나 부부가 오셔서 이야기꽃을 피운다. 3개월 동안 명희와 요한이에게 큰 힘이 되어주신 분들이다. 스튜디오 계약부터 공사 소개, 중간 점검까지…. 그리고 결혼 후 살 집까지 마련해 주셨다. 9년 전 그림방 소개를 시작하여 알게 된 분들이다. 오늘은 축하금까지 주신다. 복을 주시는 것이다.

• • •

독서 모임을 처음으로 루멘북스에서 하기로 한 날이다. 박정미 수녀님, 남궁 샘, 이남주 샘, 국지영 자매 그리고 성심이 만들어준 인연 한금희 선생님과 박정자 수녀님, 이정희 수녀님이 독서 끝날 무렵 오셔서 둘러보시고 점심을 함께 할 예정이다.

"무엇을 먹을까 걱정하지 말라." 하셨지만 나는 '무엇을 대접할까.' 마음이 쓰인다.

루멘북스 로고를 만들어 준 은선이 엄마 문봉옥 씨, 은중 씨, 명희 씨가 화실 식구인 유희승 씨, 경옥 씨와 함께 왔다. 최 여사님과 서 교수님도 오셨다.

이렇게 '미루 화실' 멤버들이 모여 축하인사를 나누고 따끈한 아름다운 떡 케이크를 보며 이야기를 나눈다. 지나가던 아저씨, 해신탕 집 어머니가 들어와 둘러본다. 드린 나의 책이 어떤 의미로 다가갈까 생각해 본다.

●●●

루멘북스가 있는 주택 단지에는 다양한 모양의 집들과 여러 종류의 상가들이 있다. 주의해서 보면 안 보이던 것들이, 그리고 삶의 모습들이 보인다.

무소르그스키의 '전람회 그림' 음악을 튼다. '프로미나드'에 맞춰 걸으며 그림을 바라본다. '독수리 오자매'와 인사하고 재이와 함께 웃는다. '할미' 소리가 음악 너머 들린다. '소나무 숲'으로 들어가 걷는다. 새들의 소리, 물 흐르는 소리, 숲의 향기가 온 몸에 스며든다.

한의원 샘이 센스 있게 '드라이플라워' 작은 꽃다발을 들고 오셨다. 항상 누워있는 상태에서 이야기를 나누다가 이렇게 마주보고 이야기를 하니 새롭다. 어쩌면 새로운 곳에서, 새로운 방법으로 이야기 하고 싶었는지 모른다. 그림 소재를 준비하고 그리는 과정, 그리고 이렇게 누군가와 그림을 공유하는 행복에 대해 공감한다.

●●●

만남은 묵을수록 편안하고 공유하는 추억도 많아 이야깃거리가 많다. 돌체 식구들과의 만남의 세월은 일산에 이사와 살기 시작한 역사와 같다. 그리고 나의 클래식 음악과의 길들이기 시간과도 같다.

아들 공간이고 지금은 잠시 나의 전시 공간인 루멘북스에서 추억의 꽃을 꺼낸다. 책을 드린다.

●●●

서강인의 날, 묵은 인연이 솟아나와 현재를 사는 날!

택시에서 내리시는 낡고 묵직한 갈색 수도복의 박종인 신부님. 여전히 오른손에는 세월을 함께 하는 낡고 커다란 검은 가방을 들고 계셨다. 마치 어제 보았듯이 담담하게 웃으신다. "좋으네." 담담하게 말씀하시며 들어가 둘러보신다. 뽕잎차를 드리고 『그리움, 그림이 되다』도 드린다. "아빠는 어떠셔?" "외출 안하시고 조용히 계셔요." 이렇게 50여 년의 인연이 나날로 돌아온다.

경희 언니와 순례 언니, 미국에서 방문한 이영순 언니까지 함께 오신다. 모두 한해 선배이시다. 군산에서, 평촌에서, 미국에서 이렇게 모이니 60년대 서강학생으로 돌아간다. 자동차 한 대가 루멘 앞으로 온다. 수원에서 수학과 동기인 신용순이 수채화 화우인 하금자 엘리사벳과 함께 했다.

선배들과 인사를 나눈다. 그림 하는 사람들이라 보는 면과 머무는 시간이 다르다. 그런데 한 선배가 동생의 몸을 빌려서 오신다. 하늘나라에 가신 우리 1회 졸업생으로 첫 모교 교수가 되신 '김진헌' 선배의 여동생 벨라뎃다이다. 모두들 그 선배와의 얽힌 사연들을 이야기 하느라 60년대 서강으로 돌아간다.

예고도 없이 상담 연구를 하는 서강대 수학과 심홍섭 후배가 수원 여고 후배 이은자와 또 다른 후배와 함께 들어선다.

이렇게 한적한 일산의 새 스튜디오에서 이런 만남이 이루어지는 것이 기적같이 느껴진다. 우리 넷은 그림에 얽힌 나의 이야기를 하며 돌아본다. 벨라뎃다가 준 차를 한잔씩 들며. 심홍섭 후배가 상담 연구소에 걸면 좋겠다며 '박' 그림을 찜한다. 감사하다. 그리고 다음을 기약하며 떠나갔다.

서강의 소리가 들린다.

그대, 서강의 자랑이듯이 서강, 그대의 자랑이어라.

Be as proud of Sogang as Sogang is proud of you

● ● ●

수원여고-서강대 후배가 인상이 편안한 남편과 함께 왔다. 후덕한 모습에 개량 한복을 입고. 단골손님 목사님께서 커다란 카메라를 들고 인상 좋은 청년의 미소를 띠며 들어오신다. "목사님이 수원 고등학교 나오셨대요." 하니 후배 남편이 "저는 수원농고요."하며 악수를 한다. 이때부터 수원의 당신 집 위치 등을 이야기 하며 그림과 우리들을 찍어준다. 약간 전문적인 스타일로 자연스럽게….

아기를 안고 어느 젊은 엄마가 기웃거린다. 나가 보니 "무슨 장소예요?" 묻는다. "지금은 나의 전시를 하고 있지만 아들의 사진 스튜디오 겸 출판사예요. 들어와요." 루멘북스를 설명하다 우리 성당 얘기를 한다. 얘기하다 보니 이사 왔을 때 아들 요한이가 청년 성가대에 들어오라고 했다 한다. 아기가 귀엽다. "나중에 요한이에게 아기 사진 찍어달라고 해요." "그럴게요."

나는 어느새 아들의 사업을 광고하는 엄마가 된다. 옆에 멘 가방에 책을 넣어준다.

● ● ●

거의 3년 만에 ME 식구인 안젤라가 전화를 했다. 바드리시오가 하늘나라 가고 ME 모임을 중지했으니 그 정도 세월이 흘렀으리라. 서로 안부를 문고 지난 이야기를 하다 루멘에서의 전시를 말했었다.

그런데 기억을 하고 엘리사벳과 마두역에서 만나 나를 만나러 온단다. 번개같이 아오스딩 점심을 준비해 놓고 아파트 주차장으로 나가니 손님들 차가 들어온다. 루멘으로 향하는 짧은 시간 동안에 30여 년 길들인 관계, 어제 만난 듯 익숙하다.

루멘에 들어가 3년의 세세한 이야기들, 아픔과 감사의 시간 등을 함께 한다. 이렇게 다시 ME 나눔 시간이다.

그림을 둘러보며 ME 식구들에게도 익숙한 영종 아버님과 어머니, 아줌마를 추억하며 손녀 재이를 소개한다. 책을 나누고 있을 때 한 자매의 깜짝 출현. 개봉동 원풍아파트에서 우리 아래 4층에 살던 성당 자매가 왔다. 엘리사벳과 아직도 만남을 계속 한단다. 그런데 작년에 일산으로 이사해 연락한 모양이다.

우리 아이들이 뛰어다니며 놀면 아래층에서 입시 공부하던 그 자매 아들이 참다못해 올라오고 그러면 우리 아이들이 옷장으로 숨고 나는 사과하고. 그 아들이 내려가면 다시 옷장에서 뛰어내리며 쿵쿵….

세월이 흘러 아이들은 다 자라고 우리는 노년이 되어 이렇게 다시 만나 개봉동 시절로 돌아간다.

• • •

모임을 하다보면 멀리서 오는 사람이 일찍 오는 경우가 많다. 여러 가지 변수를 생각하니 미리미리 준비하고 출발하기 때문이다.

벨 소리에 받아보니 조봉희 서강 후배이다. 루멘북스에 있는데 문이 잠겨 있다는 것이다. 내일 11시의 만남을 일찍 오다 못해 하루 먼저 도착한 것이다. 수원에서부터….

루멘에 들어가 물 한 잔 씩을 앞에 두고 앉는다. 그 사이 다섯째 동생은 배낭에, 넷째는 보따리에 수원 농장에서의 수확물을 갖고 도착한다. 언니를 챙겨다 먹이는 엄마 같다. 이어 나의 그림을 시작해준 친구 동인이가 도착하고 영종에서 사촌 인숙이도 도착한다.

서로 다른 인연으로 만난 사람들, 서로 다른 모습으로 앉아 이야기를 나눈다. 포콜라레(Focolare) 회원인 이종 인숙이와 조용한 만남을 기대하던 오후였는데 이렇게 다양하고 떠들썩하고 행복한 모임이 되었다. 수원에서, 영종에서, 그리고 일산에서.

누가, 무엇이, 우리를 한 공간에서 시간을 함께 하게 했을까?

•••

묵주기도 환희의 신비 1단, 2단으로 하루를 시작하며 열쇠로 루멘을 열고 들어간다. 조명을 켜고 성호를 긋는다. 이 공간과 여기 모이는 모든 이들에게 축복을…. 그리고 루멘에서 일하며 행복하게 살고 있는 요한이를 마음에 품고 감사하며 살 수 있는 희망을 본다.

하이든의 첼로 콘체르토가 흐른다. 자매 두 분이 들어선다. 반갑고 감사하다. 그림을 함께 돌아보고 책을 드린다. 이렇게 지나가다 들어와 함께 할 수 있음에 감사하다. 벨라뎃다가 우리 성당 자매 두 분과 걸어오며 손을 흔든다.

"분위기가 너무 따뜻해요." 하며 그림을 돌아보는 자매들, 책을 나눈다.

•••

루멘에서의 전시는 누군가의 삶에 작은 씨앗이나 혹은 붙잡고 싶은 멀리서 비치는 작은 빛이라도 된 것일까? 나의 삶에 의미가 있다고 늘 생각하며 해 온 일들이지만….

전시를 마무리 하는 날, 작은아들과 재이가 왔다. 언제나 재이와의 만남은 무언가 가슴 속에 숨겨져 있던 환희가 폭발하는 느낌이다.

루멘은 재이 세상이다. 그러나 그것도 잠시, '서강미술가회'의 첫 손님이 도착하니 아빠 뒤로 숨는다. 할머니는 온전히 재이 차지가 아니다. 좀 섭섭한 모양이다.

두 시간 사이로 회원 8명이 모인다. 그림 돌아보고 책을 나누며 그동안의 각자의 삶을 풀어놓는다. 재이는 아빠와 함께 작은 소파 위에 앉아 논다. 큰아빠의 사진 세례를 받으며. "재이는 할아버지에게 가 있어. 할머니는 손님하고 저녁 먹고 갈게." 헤어지기 싫어 울며 집으로 갔다. 마음이 짠하다.

최대일 회장의 새로운 일을 듣는다. 11월의 전시를 의논하며 가까이서, 멀리서 이렇게 모여 함께 하는 것이 감사하다.

●●●

예수님과 함께 머물며 루멘에서의 그 동안의 일들을 떠올리고 감사하는 시간을 갖는다. 앞으로 이 장소에서 일어날 '기적'을 축복해 주는 기간임을 깨닫는다.

요한이에 대한 이 엄마의 간절한 마음을 구석구석에 스며들게 하는 시간. 이렇게 전주곡은 마무리된다.

주님, 저를
칠보산 정기 아래 샘물가에서
'벌거벗은 아이'로 태어나게 하셨습니다
산과 들로
마음껏 뛰놀게 하시고
단발머리 소녀를
"젬마야!" 부르시며
당신의 포도밭에서 자라게 하셨습니다

그리고
서강의 언덕을 오르내리며
말씀의 맛을 느끼게 해주셨습니다
어느새
성심의 동산으로 옮겨 심으시고
서서히 포도의 맛을 익게 하시고
포도주의 깊은 맛을 엿보게 하셨습니다

그리고 이제
아름다운 누각에서 살게 하시고
그림, 삶이 되게 하십니다
새로운 바라봄과 교감은
삶으로 스며들고
다시 퍼져나가게 하십니다

"주님이 무엇 때문에 당신의 섭리 속에 나를 그렇게 선택하셨는지
 나는 모릅니다. 당신 홀로 그것을 아십니다."

"내가 하는 일이 당신의 뜻에 맞게 하시고
 또 죽는 날까지 그러하게 하소서."

※ 아름다운 누각은 <미루 화실>이다.

그림, 삶이 되다

초판 1쇄 발행 ㅣ 2022년 12월 25일

글 · 그림 ㅣ 권영순

펴낸이 ㅣ 노정환
펴낸곳 ㅣ 루멘북스(Lumen Books)
등 록 ㅣ 2019년 5월 3일 제2019-000081호
주 소 ㅣ 경기도 고양시 일산서구 강선로 164, 1403동 1904호 (일산동, 후곡마을)
전 화 ㅣ 070-7790-0712
메 일 ㅣ lumenbooks@naver.com

정 가 ㅣ 16,000원

ISBN ㅣ 979-11-967062-4-1